Papierfresserchens MTM-Verlag

Impressum:

Personen und Handlungen sind frei erfunden.
Ähnlichkeiten mit lebenden oder verstorbenen Personen sind zufällig und nicht beabsichtigt.

Besuchen Sie uns im Internet:
www.papierfresserchen.de


Oberer Schrannenplatz 2, 88131 Lindau
Telefon: 08382/7159086
info@papierfresserchen.de

Erstauflage 2016

Lektorat und Herstellung: Redaktions- und Literaturbüro MTM
www.literaturredaktion.de
Titelbild: Janine Heimburg

Druck: bookpress / Polen
Gedruckt in der EU

ISBN: 978-3-86196-586-2 – Taschenbuch

Janine Heimburg

# school of the elect

## DIE ERWÄHLTEN

Dieses Buch schrieb ich für meine Freunde:

Sophie Hofmann,
Luisa Herrmann und
Katharina Wagner,
da sie einfach die Besten sind und
sie Fantasiegeschichten ebenso lieben wie ich.

Danke für eure coolen Ideen!

# Inhalt

# Die Erstklässler

Ich war gerade auf den Weg zu den neuen Erstklässlern, als mein Patenkind Oswin aufgeregt auf mich zugestürmt kam: „Jessy, ich muss dir was Unglaubliches erzählen!“

„Ich habe keine Zeit, ich muss zu den neuen Erstklässlern“, winkte ich ab.

Diese sogenannten *Erstklässler* waren nämlich keine gewöhnlichen Kinder, sie waren erst fünf Jahre alt und wie wir alle auf der *School of the Elect*, die Schule der Auserwählten. Manche der Kinder, die unsere Schule besuchen, haben seit ihrer Geburt besondere Kräfte, die aber erst an ihrem fünften Geburtstag erkennbar werden. Diese Kinder werden dann, wenn das neue Schuljahr startet, von ihren Mentoren zu Hause abgeholt und hierhergebracht. In unserer Schule lernen sie, mit ihren Fähigkeiten umzugehen und sie zu kontrollieren. Natürlich führen sie außerhalb dieser Schule ihr normales Leben weiter. Fünf- bis Siebenjährige werden mit einen Vergessenszauber belegt, damit sie ihren Eltern nichts von unserer Lehranstalt erzählen können, sie erinnern sich erst dann wieder an die Schule, wenn sie von ihren Mentoren erneut abgeholt werden. Unsere Unterricht findet einmal in der Woche statt, und wenn wir hier sind, steht die Zeit quasi still. Oswin war mein Patenkind und hatte wie ich besonders große Fähigkeiten. Über Oswin wurde überall in der Schule gerätselt, denn er entstammte einer besonderen Familie. Normalerweise ist es bei den Elects nämlich so, dass sie keine Kinder bekommen können, die ebenfalls Elects, also Auserwählte, sind – es sei denn, sie gaben ihre Macht ab. Oswins Mutter aber war auch ein Elect, aber nicht irgendeine Auserwählte, sie war die Schulleiterin der

*School of the Elect*. Als Oswin geboren wurde, ahnten jedoch bereits alle, dass er ein Elect war, da er bereits zu diesem Zeitpunkt besondere Fähigkeiten hatte. Außerdem lebte er vom ersten Tag an in der Schule, da auch sein Vater hier unterrichtete.

Unsere Schule war riesig, sie hatte über 25 Stockwerke, einen großen Außen-Campus, kleinere Wohnhäuser und lag in Miami. Für die normalen Menschen in unserer Umgebung war das alles jedoch nicht sichtbar. Ich wohnte mit meiner Familie in Frankfurt in Deutschland. Aber dank der vielen Fähigkeiten der Elects, die natürlich auch ich besaß, wie zum Beispiel Teleportation, konnten wir uns in Sekundenschnelle von Frankfurt nach Miami bringen und umgekehrt. Mein kleiner Bruder Edwin war ebenfalls ein Elect, und das war tatsächlich echt ungewöhnlich, immerhin waren wir bis dato das einzig existierende Elect-Geschwisterpärchen.

Da Oswin sich nicht abwimmeln ließ, nahm ich ihn einfach mit zu den Erstklässlern. Oswin redete aufgeregt über irgendwelche Lehrer, die einen Schwertkampf vorgeführt hatten. Ich hörte kaum zu, denn wir waren im Foyer angekommen und was ich dort sah, faszinierte mich: Die kleinen Erstklässler standen alle in einem Halbkreis hinter den Kindern ihre Mentoren und Paten, die ihnen gleich zugeteilt werden würden. Da ich später ebenfalls Mentorin werden würde, musste ich bei jeder Sitzung dabei sein. Das war manchmal ziemlich ätzend und langweilig, aber bei der Einteilung der Erstklässler wollte ich auf jeden Fall dabei sein, weil mich das immer wieder eine Art Glück spüren ließ.

Oswin und ich setzten uns also auf eine der Bänke und schauten Oswins Mutter zu, die gerade auf die kleine Empore stieg und ihre Zettel sortierte.

„Herzlich willkommen in der *School of the Elect*. Ihr braucht keine Angst zu haben, ihr seid auserwählt worden, ab heute einmal in der Woche diese Schule zu besuchen. Jeder von euch hat Fähigkeiten, die normale Kinder nicht haben. Ihr lernt hier, mit euren Fähigkeiten umzugehen und sie zu kontrollieren. Wir alle wissen natürlich auch, wie es ist, als Erstklässler hier vorne zu stehen und dabei meistens ziemlich verwirrt oder ängstlich zu sein. Aber keine Angst, ihr werdet euch daran gewöhnen", sagte die Schulleiterin und lächelte uns zu. „Ich bin die Schulleiterin, ihr könnt bei Problemen jederzeit zu mir, euren Paten oder Mentoren gehen. Als Elect gibt es gewisse Regeln, die ihr in der ersten Schulstunde lernt. Ich werde jetzt einzeln eure Namen aufrufen und euch Paten und Mentoren zuteilen. Eure Paten sind die Kinder der siebten Klasse. Sie werden euch die Schule zeigen und Fragen beantworten. So, ich wünsche euch viel Glück bei eurem ersten Tag, bis dann beim Mittagessen." Anschließend teilte sie jedem Kind einen Paten und einen Mentor zu. Es waren wie jedes Jahr zu Schuljahresbeginn genau 20 Kinder, nur im vergangenen Jahr waren es wegen Oswin 21 gewesen.

Walesa Ragin, Oswins Mutter, kam nach der Einteilung zu uns. „Oswin! Warum bist du nicht im Unterricht?", fragte sie streng.

„Mann, Mama! Zweite Klasse, Telepathie 1, das kann ich schon! Das ist so langweilig! Ich kann das, seit ich drei war", motzte er.

„Ich kann dich nicht in eine höhere Klasse stecken. Hier gibt es bestimmte Regeln, die selbst ich einhalten muss, so wie schon die vielen Schulleiterinnen vor mir auch", erklärte Walesa.

„Ich weiß ...", seufzte Oswin.

„Ach Jessica, könntest du diesen Brief Mister Joke geben? Ich habe gerade keine Zeit dafür. Es ist sehr wichtig, und da du eh vom Unterricht befreit bist ...", bat sie mich.

„Klar, mach ich." Ich nahm den Brief entgegen. Mister Joke war ein Krieger, nicht der Hauptkrieger aber trotzdem ein wichtiger.

„Du kannst Oswin ruhig mitnehmen." Sie zwinkerte mir zu und Oswin lächelte mich glücklich an.

Die Krieger, die die Aufgabe hatte, unsere Schule zu beschützen, wohnten nicht weit weg. Wir verließen das große Schulgebäude und gingen, wie die meisten es nannten, ins *Elect-Dorf*. Dort gab es ziemlich viele kleine Häuschen. Allein 300 Häuser davon waren an Krieger vergeben. Joke wohnte in einem der ersten Häuser, so mussten wir nicht weit laufen. Wir klingelten an der Tür. Joke war, wie sein Name schon sagte, immer gut drauf.

Gut gelaunt öffnete er also auch dieses Mal die Tür. „Ach, die zwei Wunderkinder, obwohl ... Jessica, du bist nicht mehr wirklich ein Kind. Was führt euch zu mir?"

Ich gab ihm den Brief. „Von Walesa, er ist anscheinend ziemlich wichtig."

Joke nahm das Kuvert mit ernstem Blick, den man nur selten bei ihm sah, entgegen. „Danke ... ich hätte euch auf ein Tässchen Tee eingeladen, aber ihr müsst bestimmt zurück in den Unterricht", zwitscherte er gespielt fröhlich, um sich nichts anmerken zu lassen.

„Nein, wir sind die ersten drei Stunden freigestellt, aber wir werden trotzdem zurück zur Schule gehen. Wir sehen uns." Ich stapfte mit Oswin zurück zur Schule. Irgendwas stimmte hier nicht, das spürte ich instinktiv.

An der Schule angekommen, hörten wir Schritte hinter uns. „Jessica, warte!", schrie eine Stimme hinter mir. Wir drehten uns um. Es war Jan. Jan Dagwin war mein bester Freund, außerdem war er in der normalen Welt mein Nachbar und ging in meine Klasse, und zwar in beide, in die sterbliche und die Elect-Klasse. Ich schaute auf meine Uhr. Die zweite Stunde hatte bereits angefangen und wir hatten Sport. Zum Glück war ich die ersten drei Stunden freigestellt. „Was ist?", fragte ich.

„Kommt mit, das müsst ihr euch anhören!" Er nahm unsere Hände und zog uns zum Aufzug. Wir fuhren in den 16. Stock, wo die Lehrerabteilungen lagen. Jan gab uns ein Zeichen, dass wir leise sein sollten. Zu dritt gingen wir den langen Flur entlang und bogen um die Ecke, wo sich das Beratungszimmer befand.

Die Tür war angelehnt und von drinnen kamen die Stimmen von Walesa und ein paar Lehrern.

„Wir müssen das beenden, sie auslöschen! Was, wenn sie einen unserer Schüler angreifen?“ Ich erkannte die Stimme meiner Mentorin Alsuna.

„Wer sind diese Elects, die Menschen ermorden?“, fragte Brian Ering, mein Kampflehrer.

„Erwachsene, Kinder, sie haben sich mit anderen Wesen verbündet, die *black whisper* genannt werden“, erklärte Walesa.

„Wir müssen sie töten, wenn sie unsere Schule angreifen ... Aber wir können nicht angreifen, wenn die kleinsten Elects dabei sind!“, sagte Brian.

„Wer würde denn von der Schule hier alles kämpfen müssen?“, fragte Alsuna.

„Die Krieger, die Lehrer, ältere Schüler und unsere acht Sonderfälle“, zählte Walesa auf.

„Du willst unsere acht Kinder kämpfen lassen?“ Alsuna war geschockt.

„Damals, bei dem Kampf gegen die Geisterker, haben auch Kinder mitgekämpft, weil sie besondere Fähigkeiten hatten! Und drei der acht sind 16 und 17 Jahre alt, sie werden auf jeden Fall kämpfen!“, schrie Walesa.

„Ja, und damals sind zwei Siebenjährige ums Leben gekommen!“ Brian schrie ebenfalls.

Ich blinzelte Tränen weg. Eine der beiden Mädchen, die damals mit in den Krieg mussten, war in meiner Klasse gewesen, sie war meine Freundin gewesen. Ich musste damals noch nicht mit, weil ich meine Fähigkeiten erst bekam, als mein Bruder ebenfalls ein Elect wurde. Mein Bruder ... er gehörte wie Jan, Oswin und ich zu den acht Sonderfällen! Ich schaute Oswin und Jan an.

„Wann werden wir ihnen sagen, dass sie kämpfen müssen, um die Gefahr abzuwehren?“, fragte Brian leise.

„Erst kurz vorher, nur sorg dafür, dass sie sich im Fach Kämpfen Mühe geben, und gib ihnen vielleicht ein paar Extrastunden!“, meinte Walesa zu Brian. Wir drehten uns um und rannten leise zurück zum Fahrstuhl. Jan und ich starrten Oswin an.

„Was ist?“, fragte er.

„Hallo? Hast du eben nicht zugehört? Wir sollen in den Krieg!“, rief ich entsetzt.

„Ja und? Ich meine, wir sind ja nicht die Einzigen“, sagte er gelassen. Ich rollte mit den Augen. Typisch Oswin!

Es gongte. Die dritte Stunde war vorbei. „Wir haben jetzt Mittagspause und du musst zurück in deine Klasse. Ihr habt Deutsch 2, oder?“, fragte ich Oswin, als wir im Fahrstuhl waren. Er nickte. Wir ließen ihn im fünften Stock raus und fuhren in den dritten, wo die Cafeteria lag. In unserer Schule hatten wir immer versetzt Unterricht.

„Ich werde Edwin nicht kämpfen lassen, er ist erst acht!“, gab ich Jan zu verstehen.

„Deine Macht wäre mit ihm aber stärker, außerdem kämpft Oswin auch“, versuchte er mich zu überzeugen. „Und du weißt, eine der wichtigsten Regeln ist, dass jeder für sich selbst entscheidet. Edwin würde selbstverständlich für seine Schule kämpfen.“

„Nicht, wenn er es erst gar nicht erfährt“, fauchte ich Jan an. Er lachte. „Jan! Das ist nicht witzig!“

„Sorry, aber dein Bruder kann Gedanken lesen wie wir auch. Wie willst du es dann vor ihm geheim halten?“, fragte er lachend.

Ich drehte mich um und stapfte, ohne auf Jan zu warten, zur Cafeteria. Die meisten Klassen hatten jetzt Mittagspause. Ich nahm mir einen Teller und stellte mich an der Theke an. Es gab Nudeln mit Tomatensoße, Salate und Suppe. Die Pausen dauerten immer genau eine ganze Schulstunde. Ich setzte mich zu meiner Freundin Elly an den Tisch, die mich erstaunt ansah. Elly hieß eigentlich Elisabeth, aber keiner nannte sie so – außer Walesa. „Wo ist Jan?“, fragte sie.

„Kommt gleich“, murmelte ich.

„Ok, sag mal, wo wart ihr eben eigentlich? Falls ihr es nicht gemerkt habt, wir hatten Unterricht“, sagte sie lachend.

„Hahaha, sehr witzig ..." Ich rollte mit den Augen. „Ich war bei den neuen Erstklässlern, du weißt doch, ich muss da immer hin", erinnerte ich sie.

„Ach so, stimmt ... Gedankenwissen 2. Oh Mann, wenn die erste Stunde schon so schwer ist, wie sollen dann die anderen erst werden?" Sie seufzte.

Seit diesem Tag war ich offiziell in der zwölften Klasse der *School of the Elect.* Zwölfte! Nur noch zwei ganze Jahre ...

Jan kam zu uns und setzte sich an den Tisch. „Sorry, Jessy, das mit vorhin tut mir leid", entschuldigte er sich.

Ich rollte mit den Augen. „Schon ok", meinte ich knapp. Er wusste, dass ich noch sauer war, sagte aber nichts. Wir aßen, redeten aber so gut wie kein Wort. Als es klingelte, mussten wir uns beeilen, um rechtzeitig zu Kämpfen 5 zu kommen. Teleportieren war in der Schule nur auf Anweisung erlaubt, da es sonst sicherlich ein ziemliches Durcheinander geben würde, außerdem durften die Kleinen noch nicht alleine teleportieren.

Brian Ering musterte uns kritisch, als wir in seinem Unterricht saßen, sagte aber nichts. Wir stellten uns partnerweise auf. Wie immer wählte ich Jan. Wir stellten uns gegenüber und warteten auf Anweisungen von Brian. „So, guten Morgen, heute werden wir nur mit unseren natürlichen Kräften kämpfen. Das heißt, Jan und Jessica, dass ihr nur mit normalen Elect-Fähigkeiten kämpfen dürft!", erinnerte Brian uns.

Ich seufzte. Das würde langweilig werden.

Normale Elects hatten Fähigkeiten wie Unsichtbarkeit, Telepathie, schnelles und leises Bewegen, Gedankenbeeinflussung und gute Ausdauer. Sie konnten aber keine Gedanken lesen wie Jan und ich. Wir konnten sogar gedanklich miteinander kommunizieren. Außerdem konnte ich die Vergangenheit der Menschen sehen oder das fühlen, was sie gerade fühlten. Das Beste, was ich jedoch konnte, war, meinen Bruder herbeizuwünschen, egal wo er sich gerade befand. Das war ziemlich praktisch, vor allem, wenn er mal wieder keine Lust hatte, mit nach Hause zu kommen. Ich sah zu Jan. Er sah ebenfalls nicht glücklich aus, und wie immer brachen wir die Regeln und nutzten alle Fähigkeiten.

„Jessica?“, fragte er in meine Gedanken hinein.

„Ja?“

„Jessica, was verheimlicht ihr mir?“

Das war Edwins Gedankenstimme! Ich sah Jan warnend an, jetzt bloß nicht daran zu denken!

„Nichts, Edwin“, dachte Jan.

„Jessica, Jan, nicht in Gedanken unterhalten, sondern kämpfen!“, ermahnte Brian uns.

„Wir können jetzt nicht, Edwin, wir sehen uns nach Schulschluss!“ Wir klickten die Unterhaltung aus. Ich konnte mich jedoch nicht aufs Kämpfen konzentrieren und landete immer wieder auf dem Boden.

„Was ist denn heute mit dir los, Jessica?“, fragte Brian. „Streng dich mal an. Ich weiß, dass du mehr kannst!“

Ich versuchte, mich mehr zu konzentrieren, es klappte nicht, aber Jan war nun ebenfalls nicht mehr bei der Sache. Brian gab auf und beendete den Kampf: „Jan, Jessica ihr kämpft jetzt mit all euren Fähigkeiten, ok? Los!“

Jan lächelte und ich erwiderte die Geste. So machte mir das Spaß. Mein Freund schoss einen Blitz auf mich ab, den ich mit einem Wasserschild abwerte. Es gab einen lauten Knall. Natürlich hätte der Blitz mich nicht töten können. Töten konnten unsere Gaben nur, wenn wir es wollten. Jan schoss neue Blitze auf mich, aber diesmal viele kleine auf einmal. Ich absorbierte sie mit meinem Wasserschild und schleuderte sie auf Jan zurück.

Mein Trainingspartner erhob sich in die Luft und hob beide Arme. Die Luft sammelte sich um ihn und es entstand ein kleiner Tornado, der die Wasserblitze wegblies. Er schleuderte den Wirbelsturm auf mich. Ich löste mich ebenfalls von der Erde und sammelte das Grundwasser um mich herum, um damit auf Jan zu zielen. Tornado und Wasserstrudel prallten in der Mitte zwischen uns aneinander und lösten sich auf. Wir hörten das

Klatschen und Jubeln unserer Mitschüler und landeten wieder auf dem Boden.

„Das war fantastisch!", lobte Brian.

Jan und ich gaben uns die Hand und lächelten glücklich. Es gongte, die Stunde war vorbei. Wir gingen zu den Umkleiden und zogen uns um, nur um gleich darauf über den Campus zu hetzen. Wir hatten Geschicklichkeit 5 in der kleinen Sporthalle, die am Ende des Schulgeländes lag.

Nach Schulschluss musste ich noch eine Stunde auf Edwin warten, da er nach der zweiten und vierten Stunde jeweils eine Pause hatte, ging sein Unterricht sozusagen eine Stunde länger.

Jan und ich fuhren in den 25. Stock. Diese Etage gehörte Oswin und seiner Familie. Wir klingelten an der Haustür. Oswin machte uns auf. „Hey, kommt rein!", sagte er und ließ uns rein.

„Jan und Jessica, schön, dass ihr hier seid. Mit euch wollte ich reden", begrüßte uns Walesa. Jan und ich schauten uns an. „Setzt euch doch ins Wohnzimmer, ich komme gleich nach", meinte sie.

Wir gingen den Flur entlang ins Wohnzimmer. Oswin lief schweigend neben uns her. Wir kamen in ein riesiges Wohnzimmer und setzten uns dort auf eine etwa zehn Meter lange Couch. Walesa kam ins Zimmer und schloss die Tür. Sie sah uns an. „Ich weiß, dass ihr von dem Krieg wisst", fing sie an. Wir zuckten zusammen. „Ihr habt wohl vergessen, dass auch ich Fähigkeiten besitze, so kann ich beispielsweise Oswins Gedanken lesen oder merke, wenn er mir etwas verheimlicht." Oswin schaute betreten auf den Boden.

„Tut mir leid, das ist alles meine Schuld. Ich habe gehört, über was Sie mit den anderen Lehrern gesprochen haben, und habe Jessica und Oswin geholt ...", gestand Jan.

Die Schulleiterin sah uns an. „Es gehört sich zwar nicht, Leute zu belauschen, aber ich verzeihe euch. Ich hab nicht mit euch sprechen wollen, um euch eine Standpauke zu erteilen, sondern um mit euch über den Kampf zu reden."

„Ich werde nicht zulassen, dass Edwin kämpft, er ist erst acht!" Ich konnte einfach nicht an mich halten.

„Alter spielt keine Rolle, Jessica, aber er hat stärkere Kräfte als die meisten Erwachsenen, genau wie ihr drei." Sie sah uns einzeln an. „Und du, Jessica, bist nur mit deinem Bruder am stärksten, genau wie er nur mit dir", erklärte sie. „Ihr seid besonders. Hör zu, die wichtigste Regel an der Schule ist der freie Wille. Jeder darf über sich entscheiden. Ich will auch nicht, dass Oswin kämpft, aber da er das will, kann ich nichts dagegen machen, außer mit ihm zu trainieren. Er kämpft für sein Zuhause ... Was ist mit euch, kämpft ihr für eure Schule?", fragte sie uns.

„Natürlich!", sagten Jan und ich gleichzeitig.

„Gut, dann trainiert ihr beide auch zu Hause ... mit Edwin", erklärte Walesa Ragin. Ich konnte nur widerwillig nicken. „Ok, das war's, was ich euch zu sagen hatte. Holt Edwin ab, es klingelt in fünf Minuten, und wenn ihr noch etwas Zeit habt, könntet ihr in der Sporthalle trainieren. Ihr habt noch zwei Stunden bis zum offiziellen Schulschluss!" Die Schule war erst dann beendet, wenn die 13. und 14. Klasse mit ihrem Unterricht fertig waren, und solange mussten alle Schüler in der Schule bleiben.

Jan und ich gingen zurück zum Fahrstuhl. Oswin musste zu Hause bleiben, aber er konnte ja auch jeden Tag in der Halle üben.

Außer Oswin lebten noch andere Kinder in der Schule. Die meisten von ihnen waren Waisen oder wurden von ihren Eltern misshandelt. Sie wurden dann hierher gebracht und in der normalen Welt vergessen. Diese Kinder wurden *full-time-Elects* genannt, da sie wie Oswin kein sterbliches Leben führten.

Wir fuhren in den fünften Stock und holten Edwin ab. Er kam auf uns zu. „Was verschweigt ihr mir?", fragte er wütend.

„Wie wäre es mal mit *Hallo*?", lenkte Jan ab.

„Jan!", schrie mein Bruder wütend.

„Was ist los, Edwin? Seit wann bist du so wütend?", fragte ich sanft.

„Weil du, Jan und Oswin mir etwas sehr Wichtiges verheimlicht. Und ich weiß, dass ich es erfahren soll, du es aber nicht willst!“, schrie er wieder. Mist, dieses Gedankenlesen ging einem manchmal ganz schön auf die Nerven, deshalb dachte ich erst gar nicht daran, weil Edwin immer zuhören konnte. „Ist ja gut, Edwin, du wirst es bald erfahren, aber schrei hier nicht so rum, sonst weiß es gleich jeder.“ Ich ging Richtung Fahrstuhl und zog meinen Bruder und Jan mit mir. Wir liefen über den Campus zur großen Turnhalle, gingen hinein und schlossen die Tür ab. „So, hör zu, Edwin, wir werden jetzt einfach ein bisschen Kämpfen üben. Wir beide gegen Jan, ok?“, erklärte ich ihm.

„Da ist gleich klar, dass ich verliere!“ Jan gab sich, als wäre er traurig, hatte aber ein fieses Grinsen im Gesicht.

„Es ist wieder Krieg, stimmt's? Deshalb sollt ihr mit mir das Kämpfen üben, weil ich dabei sein soll!“, erriet Edwin.

Ich nickte. „Ja, aber du musst nicht kämpfen, nur wenn du es willst.“ Ich wusste, dass mein Bruder nicht ablehnen würde.

„Ich kämpfe für meine Schule, mein Zuhause!“ Er legte die Faust über sein Herz.

„Darüber reden wir noch, aber jetzt lass uns erst einmal anfangen.“

Wir gingen in die Mitte der Turnhalle und stellten uns gegenüber. Ich gab das Startsignal. Im selben Moment schleuderte Edwin Hagelkörner auf Jan, der diese explodieren ließ, bevor sie bei ihm ankamen. Ich erzeugte mit Edwin eine riesige Welle, die mindestens fünf Meter hoch war und ließ sie auf Jan los. Dieser erhob sich in die Luft und sprang regelrecht über die Welle. Er ließ es blitzen und schleuderte einige Blitze auf uns. Ich ließ sie einfrieren und Edwin wich blitzschnell aus. Er jubelte, rannte vor und schickte Jan Feuerbälle. Da beide so nah beieinander waren, schickte ich Eishagel zu Jan rüber. Den Feuerbällen konnte er ausweichen, dem Hagel aber nicht. Er fiel auf den Boden und ich fror ihn fest als Zeichen, dass wir gewonnen hatten.

„Haha!“, jubelte Edwin.

„Au, das hat wehgetan.“ Jan ließ das Eis schmelzen und kam auf die Füße.

„Edwin und ich sind auch nicht nett, wenn es ums Kämpfen geht, aber sei froh, jeden anderen hätte es umgebracht, wenn ich es gewollt hätte“, lachte ich fröhlich. Edwin klatschte mich ab und wir halfen Jan auf.

„Das war ja ein kurzer Kampf, Jan, ich hätte noch so viel auf dich abschießen können!“, rief Edwin.

„Ja ja, freut euch nur, das gibt eine Revanche!“, forderte Jan.

„Ok, morgen“, rief Edwin glücklich.

Wir gingen Richtung Schulgebäude. Heute sahen wir viele Siebtklässler in Begleitung eines Erstklässlers. Wir trafen Lucy mit ihrem Patenkind. „Und wer sind die?“, fragte das Mädchen.

„Drei von den acht Kindern mit besonderen Gaben“, erklärte Lucy.

„Hey Lucy, dein Patenkind scheint ein richtiges Energiebündel zu sein“, meinte ich und lächelte die Kleine freundlich an.

„Oh ja, die Kleine stellt so viele Fragen. Das ist Ina Kunna, und das, Ina, sind Edwin und Jessica Willington und das ist Jan Dagwin“, stellte Lucy uns vor. Wir nickten uns zu.

„Was könnt ihr alles?“, fragte Ina mit ihrer hohen Stimme neugierig.

„Unterschiedliche Sachen, jeder kann etwas anderes“, sagte ich nur.

„Wir gehen dann mal weiter. Ina will unbedingt noch die Turnhalle sehen und ich muss sie schon in zehn Minuten zurück ins Foyer bringen, also bis dann, Leute.“ Lucy nahm Inas Hand und zog sie weiter.

Als die Schule beendet war, traf ich mich mit Jan und Edwin an einem alten Baum. „Tschau, Jan, wir sehen uns heute Abend.“ Kaum hatte ich das gesagt, war ich in meinem Zimmer. Edwin landete eine Sekunde später neben mir. In Frankfurt war es jetzt Samstagmorgen, ich war den ganzen Tag in der Schule gewesen, aber es war in der realen Welt kein bisschen Zeit vergangen. Das war manchmal ziemlich nervig.

„Kinder, seid ihr schon wach?“, rief meine Mom von unten. Sie hatte von unserem *Ausflug* natürlich nichts mitbekommen.

„Ja, Mom“, rief Edwin.

Unsere Mutter kam ins Zimmer. „Und wie immer seid ihr schon umgezogen. Wir essen jetzt, weckt eure Schwester, ja?“ Sie ging wieder runter.

Meine Schwester, die 18 Jahre alt war, war kein Elect. Ich klopfte an ihre Zimmertür, aber sie brummelte nur etwas, was ich nicht verstand. Stefanie schloss immer ihre Zimmertür ab, damit keiner sie bei ihrem *Schönheitsschlaf* stören konnte. Sie war eine echte Zicke und zog sich an wie eine Schlampe. Sie ging auf Partys und kümmerte sich einen Dreck um uns.

Edwin und ich gingen zum Frühstückstisch. Mom sagte wie immer nichts und Edwin und ich unterhielten uns in Gedanken über den Krieg.

„Wer soll alles mitkämpfen und gegen wen kämpfen wir überhaupt?“, fragte Edwin.

„Lehrer, wir acht und die Krieger“, antwortete ich.

„Und gegen wen kämpfen wir?“, wiederholte er seine zweite Frage.

„Gegen böse Elects – und vor allem starke“, erklärte ich besorgt.

„Wird Oswin auch mitkämpfen?“

„Natürlich“, sagte ich.

„Du musst dir keine Sorgen um mich machen, ich bin gut im Kämpfen, ich würde mir eher Sorgen um Jan machen“, erklärte er mir.

„Sehr witzig!“ Ich rollte mit den Augen. Mom war es gewohnt, dass wir zwei nie viel redeten, da Edwin und ich uns in Gedanken unterhielten und wir oft vergaßen, dass noch andere am Tisch saßen. Meine Schwester kam die Treppe runter. Ihr langes schwarzes Haar war gewellt, eigentlich wäre sie ganz hübsch anzusehen, wenn sie nicht immer diese knappen Klamotten tragen würde. Ihr dunkelblaues Top war bauchfrei, in ihrem Bauchnabel steckte ein Piercing und ihr Minirock ging gerade so über ihren Hintern. Sie schaute mich angewidert an. „Oh man, wann kaufst du dir endlich mal neue Klamotten und deine Haare, blond ... einfach nur schrecklich!“ Sie drehte sich um und verschwand aus dem Haus.

„Ich finde dich hübsch“, meinte Edwin tröstend.

„Danke, Kleiner.“

Edwin hatte wie ich blonde Haare, nur dass seine kurz waren und meine lang. Meine Mutter schaute wie immer sehr traurig, wenn meine Schwester kam. Stefanie ging nicht mehr zur Schule, sondern nur noch auf Partys. Ich stand auf und räumte meinen Teller weg. Edwin folgte mir.

# Kein normales Leben

Mein Leben war selten normal, aber wenn ich mich mit meinen Freundinnen traf, wirkte es so. Ich war gerade auf dem Weg in die Eisdiele, in der ich mich immer mit meinen drei besten Freundinnen traf. Marie, Jelena und Moni saßen schon an unserem Lieblingstisch. „Hey!" Ich umarmte die drei.

Jelena hatte kurze blonde Haare, die ihr knapp bis zur Schulter gingen. Marie hatte lange braungelockte Haare und Moni hatte glatte blonde Haare. Die drei waren echt verrückt, mit ihnen konnte ich über alles lachen. Meine sterblichen Freunde kannten mein Geheimnis nicht, aber manchmal wäre ich echt froh, mit ihnen darüber reden zu können.

„Erde an Jessica, hörst du uns eigentlich zu?", fragte Moni und riss mich aus meinen Gedanken.

„Ähm, was? Klar", stammelte ich.

Sie seufzte. „Manchmal kommst du mir so vor, als lebtest du in einer anderen Welt." Wie recht sie doch hatte ...

„Ich bestelle einen Schokobecher", meinte Marie, als die Bedienung auf uns zukam.

„Und ich Melone und Schoko, das ist das beste Eis, das es gibt!", schwärmte Jelena.

Ich lächelte bei dem Gedanken, dass es auch noch etwas anderes außer meinem Elect-Leben gab, Oswin tat mir irgendwie leid. Er war eigentlich gar kein Mensch, sondern ein Elect. Aber diese waren halb Wesen und halb Mensch. Und Oswin? Mist, ich dachte wirklich nur noch an meine Schule ...

Ich versuchte, meinen Freundinnen zuzuhören. Sie unterhielten sich über Busse und Züge ... So was brauchte ich nicht ... Echt langweilig. Eigentlich las ich nicht einfach in ihren Gedanken, aber ich wollte wissen, was sie dachten. Ich bemerkte, dass sich Moni ebenfalls nicht an dem Gespräch beteiligte. Ihre Gedanken kreisten um andere Dinge wie die Mathearbeit am Montag oder gute Noten in der Schule. Moni war zwar eine echt liebe Person, aber wenn es um Schule ging, war sie ein echter Streber. Sie lernte ziemlich oft, da ihre Eltern sie schon bei einer Zwei bestraften.

„Sorry, Leute, ich kann heute nicht so lange bleiben, ich muss zum Schwimmtraining. Bis bald in der Schule." Jelena schnappte sich ihre Tasche und schoss davon. Ich hatte mir geschworen, es nicht zu tun, aber dennoch las ich ihre Gedanken. Und die drehten sich kein bisschen ums Schwimmtraining, sie waren eher der Art: „Mist, ich kann nicht lügen, sag was und schnell weg."

Nun hörte ich meinen Freundinnen beim Reden zu, sagte aber nichts. „Ich muss dann auch gehen. Kommst du mit, Jessica?", fragte Moni plötzlich.

„Ja klar!" Ich sprang auf. Moni wohnte nur fünf Minuten von mir entfernt und ich las in ihren Gedanken, dass sie mir dringend etwas sagen wollte. Wir verabschiedeten uns von Marie und gingen Richtung zu Hause.

„Etwas stimmt nicht mit dir, das weiß ich. Du bist nicht normal ... Ich spüre irgendwie, dass du mehr bist, als du zugibst", sagte sie und überraschte mich damit.

In meinen Kopf entstand Panik. Was sollte ich nur sagen? Immerhin war sie meine beste Freundin. Ich fasste einen Entschluss: Ich würde ihr alles erzählen, allein schon aus dem Grund, um mit jemand anderem außer Oswin, Jan, meinem Bruder oder irgendwelchen anderen Elects darüber zu reden.

„Du würdest mir eh nicht glauben ...", fing ich an.

Sie blieb plötzlich stehen und schaute mich böse an. „Ich vertraue auf das, was du sagst, und ich werde dir immer glauben, egal wie unglaubwürdig es auch sein wird!", flüsterte sie. „Ich weiß, dass es mehr in dieser Welt gibt als viele glauben."

Das klang geheimnisvoll, dennoch zögerte ich kurz. „Du hast recht, ich bin nicht normal", stimmte ich ihr zu. „Ich bin anders, nichts Besonderes, aber anders.“ Ich holte tief Luft. „Ich bin ein Elect!“, brachte ich mühsam heraus.

Sie starrte mich nur fragend an.

„Ein Elect ist sozusagen ein Wesen wie eine Fee oder ein Vampir. Elects haben besondere Kräfte ... zum Beispiel Telepathie oder Unsichtbarkeit und solche Sachen. Ich kann beispielsweise Gedanken lesen oder in die Vergangenheit der Menschen schauen. Mein Bruder ist auch ein Elect, deshalb geht er wie ich auf eine Hochbegabtenschule, weil er sich alles, was er sieht, merken kann. Das ist seine Gabe“, erklärte ich.

„Du kannst also meine Gedanken lesen?“, fragte Moni wenig aufgeregt.

Ich nickte. „Gerade denkst du, wie du es glaubwürdig rüberbringst, dass du mir glaubst, obwohl du es nicht glauben kannst“, las ich ihre Gedanken.

„Das hätte ich auch vorhersagen können. Überzeug mich, mach etwas, das niemand außer diesen Wesen kann.“

Ich zögerte, nahm aber dann ihren Arm ...

Wir schwebten in Unsichtbarkeit, bis ich mir sicher war, dass kein Mensch uns sehen würde. Wir waren irgendwo am Strand, die Sonne schien strahlend auf uns herab. Moni sah mich erschrocken an.

„Beweis genug?“, fragte ich lächelnd. Meiner Freundin hatte es die Sprache verschlagen. „Eh, Moni, ich bin immer noch die Alte. Ich kann das schon, seit ich fünf bin“, erklärte ich ihr.

Sie sah mich ängstlich an. „Ich wusste, dass du nicht normal bist, aber das ... hatte ich nicht erwartet!“ Ihre Stimme klang zittrig.

„Ich kann dir alles in Ruhe erklären, jetzt lass uns aber wieder nach Hause gehen.“ Ich streckte ihr die Hand hin, doch Moni starrte sie nur an. „Keine Angst, dir passiert nichts. Bei uns machen das Fünfjährige.“ Ich fand, sie stellte sich ziemlich albern an. Ich dachte an das kleine Mädchen von heute Morgen zurück. Ina, fünf Jahre, aber sie hatte kein bisschen Angst vor mir gehabt.

Die Kleine verdiente echt Respekt. Moni nahm etwas widerwillig meinen Arm und einen Moment später waren wir in meinem Zimmer.

Edwin saß auf meinem Bett und starrte mich erschrocken an. „Jessica, was zum ...“, fing er an, doch ich unterbrach ihn.

„Sag das bloß nicht Walesa!“

„Ich dachte, dein Bruder sei auch so ein Wesen“, meldete sich Moni zu Wort.

„Und mal wieder bricht meine Schwester eine der wichtigsten Schulregeln.“ Er schüttelte den Kopf.

„Sie wird es niemandem sagen, sie ist meine beste Freundin!“, wehrte ich mich. Moni nickte zustimmend. Was hätte sie auch sonst tun sollen.

„Ich werde Oswin fragen, was passiert, wenn man das Geheimnis einem Menschen verrät“, sagte Edwin. Zwei Sekunden später war er weg.

„Wow, dein Bruder kann es ja auch. Total cool“, meinte Moni.

***

Edwin wusste, wenn er das, was er erfahren hatte, Oswin erzählte, würde auch bald Walesa wissen, deshalb zögerte er. Er blieb noch kurz auf dem Campus, um zu überlegen, dann betrat er die Schule, nahm einen der Fahrstühle und fuhr in den 25. Stock, wo Oswin wohnte. Wieder und wieder klingelte er an dessen Tür. Plötzlich stand Walesa hinter ihm. „Sturmklingeln nützt bekanntlich nichts, wenn niemand zu Hause ist.“ Sie lachte. „Willst du zu mir oder zu Oswin?“, fragte sie, während sie die Tür aufschloss.

„Oswin ist nicht zu Hause?“, fragte Edwin.

„Sein Zuhause ist das ganze Schulgelände, deshalb ist er immer zu Hause, aber wenn du wissen willst, ob er hier in der Wohnung ist, nein, ist er nicht. Er ist in Nellys Zimmer“, antwortete Walesa höflich.

Nelly war eines der Waisenkinder, die wie Oswin in der Schule wohnten, *full-time-Elects* genannt. Die Waisenkinder wohnten mit ihren Mentoren einen Stock tiefer.

Edwin verabschiedete sich also und fuhr hinunter in den 24. Stock. Man stieg vom Fahrstuhl aus in einem langen Flur aus, in dem rechts und links Türen zu den einzelnen Zimmern führten. An den Türen standen die Namen der Waisenkinder oder Mentoren. Es gab natürlich auch Gemeinschaftsräume, Küchen und Bäder, wobei sich immer je zwei Kinder ein Bad teilten, das zwischen den beiden Zimmern der Kinder lag. Doch es gab nicht viele Waisenkinder in der Schule, nur etwa zwölf. Nellys Zimmer war die fünfte Tür auf der rechten Seite. Edwin klopfte an.

„Ja?", rief Nelly.

Jessicas Bruder ging ins Zimmer. „Hey Oswin, könnte ich mal mit dir reden?", fragte Edwin. Er hatte ihn gleich an Nellys Schreibtisch sitzend entdeckt.

„Klar!", sagte Oswin und an Nelly gewandt: „Ich komme nachher wieder." Dann verließ er das Zimmer und die beiden Jungen schlossen die Zimmertür hinter sich. Sie gingen den Gang entlang zurück zu den Fahrstühlen. Im Aufzug fragte Edwin: „Weißt du, was passiert, wenn man unser Geheimnis einem Menschen verrät?"

„Hast du etwa ...", fragte der andere erschrocken.

„Nein, nein, keine Sorge!", versicherte Edwin ihm.

Oswin konnte aber wie jeder andere Elect Gedanken lesen, er konnte zwar nicht mental kommunizieren wie Jessica, Jan und Edwin, aber er konnte sie lesen. Deshalb erkannte er sofort, um wen es ging. „Jessica!" Oswin war entsetzt. „Warum hat sie das getan?", fragte er.

Edwin zuckte nur mit den Schultern.

„Ich bin mir nicht sicher, ob bei so einem Regelverstoß etwas passiert, aber ich denke, deine Schwester wird von meiner Mutter einiges zu hören bekommen", vermutete Oswin.

Edwin, der wieder einmal vergessen hatte, dass auch Oswin

natürlich Gedanken lesen konnte, reagierte erschrocken. Hatte er jetzt seine Schwester verrate? Das hatte er eigentlich nicht gewollt, denn nun würde auch Walesa sicherlich von dem Verrat erfahren. „Jessica wird mich hassen ...", murmelte er.

„Ach was, sie kann dich gar nicht hassen, du bist ihr Bruder, ihr ein und alles! Für dich würde sie alles tun, glaub mir", versuchte sein Freund ihn zu beruhigen.

„Hast du Lust, mit mir in der Turnhalle zu kämpfen?", fragte Edwin, um vom Thema abzulenken.

„Klar", freute sich Oswin. Sie gingen zusammen zur Turnhalle. Auf dem Weg dorthin wurde Edwin plötzlich unsichtbar.

„Keine Angst, Oswin, das ist nur meine Schwester. Sie wünscht mich herbei ..." Mitten in Satz erlosch Edwins Stimme und Oswin stand alleine im Flur.

***

Ich saß auf meinem Bett und versuchte in Ruhe nachzudenken. Ich war so dumm gewesen ...

„Was willst du jetzt machen?", fragte Moni, die neben dem Bett stand.

Ich zuckte mit den Schultern.

„Es tut mir leid, Jessica ...", entschuldigte sie sich.

„Das ist doch nicht deine Schuld", gab ich zurück. „Ich hätte mein Geheimnis ja nicht an dich weitergeben müssen. Nun werde ich erst einmal Jan sagen, dass er herkommen soll. Er hat mir bis jetzt immer aus meinen Schwierigkeiten geholfen", sagte ich entschieden. Als ich sah, wie Moni mich anschaute, fiel mir ein, dass sie ja gar nicht wusste, dass Jan auch ein Elect war. Mist, es lief aber auch alles schief, nun hatte ich noch jemanden verraten ohne es zu wollen. Das konnte ja heiter werden. Ich versuchte, Jan in Gedanken zu erreichen.

„Was ist los, Jessica?", fragte er in Gedanken zurück.

„Du musst mir helfen!", bat ich.

„Wobei?“, kam es sogleich von ihm zurück.

„Ich hab Mist gebaut, mal wieder. Ich habe Moni unser Geheimnis verraten“, erklärte ich ihm.

„Du hast was?!“ Seine Gedanken waren so laut, dass es mir förmlich wehtat.

„Es tut mir leid, aber das ist noch nicht alles, sie weiß jetzt auch, dass du und Edwin Elects seid. Das heißt, wir stecken ziemlich in Schwierigkeiten!“, erklärte ich ihm widerwillig.

„Warum hast du es ihr denn erzählt, wenn du wusstest, dass wir das nicht dürfen!?“, fragte er wütend.

„Ich weiß es nicht, ich hatte das Gefühl, es ihr erzählen zu müssen“, antwortete ich.

„Super Idee, Jessica!“, meinte er spöttisch.

„Es tut mir doch leid ... bitte hilf mir! Edwin hat sich zu Oswin teleportiert, um ihm alles zu erzählen, und wenn der es weiß, weiß es bald auch Walesa!“ Erst in diesen Moment fiel mir ein, was ich hätte tun müssen. „Kommst du mit mir nach Miami? Ich werde Edwin herbeiwünschen, aber ich will, dass mein bester Freund bei mir ist ...“, bat ich ihn.

„Gut, wir treffen uns in Kürze dort, ok?“, sagte er.

„Nein, stopp, ich muss erst Moni aus dem Haus bringen, ohne dass meine Mom es merkt. Warte kurz, ok?“ Ich klickte die Unterhaltung in meinem Kopf aus. Dann wandte ich mich an meine Freundin: „Moni, komm, wir teleportieren dich nach draußen. Ich muss in meine Schule, aber erzähl niemandem etwas, bitte!“, bat ich sie.

„Natürlich, ich bin doch deine Freundin. Ich sage es niemandem! Schließlich möchte ich dich nicht noch weiter in Schwierigkeiten bringen“, versprach sie.

Ich nahm Moni am Arm und schon waren wir vor ihrer Haustür. „Ich muss schnell weiter, wir sehen uns.“ Ich umarmte sie flüchtig und teleportierte zur *School of the Elect*, die wir oft nur kurz *School of the Elect* nannten.

Jan war natürlich schon da. Er wartete vor dem Schultor auf

mich und schaute mich an. Er war sauer, das sah man deutlich, wollte sich dies aber nicht anmerken.

„Gut, ich wünsche jetzt Edwin herbei ...“ Ich schloss die Augen und konzentrierte mich auf meinen Bruder ...

„Jessica, was soll das?“, rief Edwin empört, als er neben mir eintraf.

Ich las seine Gedanken und wurde ziemlich wütend. „Du hast es ihm gesagt! Wie konntest du nur?“, schrie ich ihn an.

„Ich hatte vergessen, das Oswin meine Gedanken lesen kann. Ich wollte dich nicht verpetzen!“, gab er zurück.

„Verpetzen? Du hast mich verraten!“ Mir kamen die Tränen.

„Das ist doch das Gleiche. Ich wollte es nicht, aber deinetwegen bekommen wir alle Ärger!“, stellte er klar.

„Meinetwegen? Oh nein! Du hast doch deinen Mund nicht halten können!“, zischte ich ihn an.

„Hört auf!“, schrie Jan plötzlich dazwischen. „Jessica, ich muss Edwin recht geben, aber denkt bitte an eines: Es kann doch nicht sein, dass ihr euch vor dem Krieg so streitet! Gerade ihr müsst zusammenhalten! Also hört auf, euch auf das Niveau eines Fünfjährigen zu begeben. Ihr schiebt euch gegenseitig die Schuld zu wie zwei Erstklässler! Es ist halt passiert, das Jessica Moni alles erzählt hat, aber das können wir nun nicht mehr ändern. Vor uns liegen wichtigere Dinge.“ Jan stellte sich zwischen uns und funkelte uns böse an. „Wir müssen zusammenhalten!“

Ich schaute meinen Bruder an. Er war erst acht und ich schob alles auf ihn, obwohl ich ihn als große Schwester doch eigentlich schützen müsste. „Es tut mir leid, Edwin“, entschuldigte ich mich.

„Mir auch“, meinte er ehrlich.

„Jessica!“, rief eine Stimme von oben.

Ich konnte Walesa erkennen, die aus dem Fenster schaute.

Da kam auch schon Oswin auf uns zugestürmt. „Meine Mutter wünscht euch in ihr Büro im zehnten Stock.“ Er konnte mir nicht in die Augen sehen. Ich schaute ängstlich zu Jan, doch er schaute zu Oswin. Edwin ging als Erster zu Walesas Sohn. Jan und ich folgten den beiden. Die Schulleiterin erwartete uns bereits im zehnten Stock. Wir blieben vor ihr stehen. „Erst mal nur Jessica!", sagte sie mit viel Macht in ihrer Stimme. Sie schaute mich an. Ich schaute mich zu den drei anderen um und folgte schließlich Walesa ins Büro. Ich schloss die Tür hinter mir. Die Rektorin stand am Fenster mit dem Rücken zu mir. Ich hatte es vergeigt, vermasselt, Vertrauen gebrochen und die zwei wichtigsten Schulregeln gebrochen. Warum hab ich es Moni nur erzählt? „Setz dich!", forderte Walesa. Sie drehte sich zu mir um, und sah mir in die Augen.

Ich wich ihrem Blick aus. „Es tut mir leid ..." Meine Stimme war kaum mehr als ein Flüstern.

„Was genau, Jessica?", fragte sie, ohne ihren Blick von mir zu nehmen.

Mein Herz schlug schneller. „Alles ... ich hab alle verraten ..." Ich hielt meinen Blick gesenkt, setzte mich aber auf den Stuhl vor Walesas mächtigen Schreibtisch.

„Fehler machen gehört zum Erwachsenwerden dazu ... aber du wirst hier nicht nur erwachsen, du wirst zur Mentorin ausgebildet, und in diesem Sichtfeld ist dein Regelverstoß nicht nur ein kleiner Fehler!" Ihre Stimme klang nicht wütend, aber sehr ernst.

Mir kamen die Tränen, ich fühlte mich wie ein kleines Kind. „Es ... tut mir leid", hauchte ich. Ich wischte mir eine Träne weg.

„Jessica. Ich erzähle dir das doch nicht, weil ich dich ärgern will, ich will nur, dass du das verstehst. Du hast später die Aufgabe, deinen Schützling davor zu schützen, dass er oder sie das Geheimnis nicht verrät. Ich war früher auch nicht anders als du, Jessica. Ich hatte zwar keinen Bruder aber viele Freunde, die zu mir hielten. Ich hatte es damals einem Jungen erzählt, in den ich verliebt war. Er erzählte es weiter aber keiner glaubte ihm. Er wurde für sein Wissen von den Elect-Führern getötet ...", erzählte sie mir. Ich sah sie mit großen Augen an. „Sorg dafür, dass deine Freundin es niemandem erzählt!" Jetzt klang sie traurig.

„Du bedeutest mir sehr viel, Jessica." Walesa kam auf mich zu und legte ihre Hand auf meine Schulter. „Ich war damals nicht die Einzige, die so einen Freund oder eine Freundin verlor. Ich vertraue auf dich, dass du das Mädchen beschützt, vor allem jetzt, wo diese anderen Elects aufgetaucht sind ..."

Ich nickte. „Mach ich."

„Ich hab noch einen Auftrag für dich und Jan", meinte sie geheimnisvoll. „Versucht mit eurer Kraft herauszufinden, woher diese anderen Elects kommen. Das wäre für uns alle für den Kampf echt nützlich.

Ich nickte wieder. „Danke, Walesa!" Ich umarmte sie.

Sie erwiderte die Umarmung. „Mach nichts, was du später bereust!", warnte sie und entließ mich damit aus ihrem Büro.

Draußen empfingen mich Edwin, Jan und Oswin. „Alles gut", versicherte ich ihnen.

Jan kam auf mich zu und umarmte mich. „Gehen wir jetzt nach Hause. Wir müssen noch etwas herausfinden, Jan, und das wird nicht leicht ..." Ich nahm seine Hand. „Edwin?" Ich schaute meinen Bruder an. Er nahm meine Hand.

„Wir sehen uns, Oswin, bis spätestens Samstag", verabschiedete sich Edwin von Oswin und schon teleportierten wir uns vor unsere Haustür.

„Hab ich dich in Schwierigkeiten gebracht, Jessy?", fragte Edwin vorsichtig.

„Nein", versicherte ich ihm. „Wir sollen herausfinden, was es mit diesen bösen Elects auf sich hat", wandte ich mich an Jan.

„Äh und wie sollen wir das bitte anstellen?", fragte er nicht gerade überzeugt.

„Mit Hilfe unserer Kraft. Das hat Walesa auf jeden Fall behauptet", antwortete ich unsicher.

Er schnaubte. „Hilft uns nicht gerade weiter ..."

Am Abend traf ich mich mit Moni in der Stadt. Ich erzählte ihr mehr von meiner Schule und von meiner Schulleiterin Walesa. Ich erzählte ihr die Geschichte von Walesas sterblichem Freund.

„Ich habe Angst um dich ... ich hab aber gerade viel um die Ohren. Kannst du nicht heute bei Jan übernachten?", bat ich sie.

„Wenn du dich dann besser fühlst ... Ich muss nur meiner Mom Bescheid sagen und meine Sachen holen, dann geh ich zu ihm, ok?"

„Ok, danke." Ich lächelte sie an. Wir holten ihre Sachen, überredeten ihre Mutter und teleportierten uns zu Jan nach Hause. Als ich sicher war, dass Moni in Sicherheit war, verabschiedete ich mich und ging nach Hause.

# Die gestohlenen Elects

Zu Hause lag ich noch lange im Bett wach. In meinen Gedanken versunken merkte ich gar nicht, dass ich Zuhörer hatte. Ich dachte an diese Elects und wie wir rausfinden sollen, was sie waren.

„Zerbrich dir nicht immer so den Kopf. Wir kriegen das schon hin", mischte sich Jan gedanklich ein.

„Was sollen wir nur machen und warum sollen wir nur zu zweit herausfinden, was sie sind? Ich schaffe das nicht, ich will nicht, dass Edwin mitkämpft. Ich mache mir Sorgen um Moni, weil Walesa mal wieder Schauergeschichten erzählt. Ich habe so viel im Kopf und hab dann auch noch mein blödes normales Leben, das ich jetzt gerade echt nicht gebrauchen kann!"

Ich ließ mal alles raus, was mir auf der Seele lag hatte. Ich konnte echt nicht mehr! Mein Elect-Leben passte mit meinem normalen Leben nicht zusammen, am liebsten wäre ich eine echte *full-time-Elect* so wie Oswin. Ja, ich müsste meine Familie verlassen, denn was hatte ich denn schon für eine Familie?

Meine Schwester war eine Bitch und hatte eh kein Interesse an ihren Geschwistern, meine Mom war zwar da, aber Edwin und ich redeten fast nie mit ihr. Außerdem war sie seit dem Tod meines Vaters eh anders. Er starb, als ich 13 war. Seitdem war meine Schwester die Bitch der Schule und meine Mutter die stillste Person, die ich kannte. Ich müsste mit 18 Jahren meine Familie sowieso aufgeben. Mentoren wohnten immer in der Schule, nur von Edwin müsste ich mich niemals trennen, wir würden immer zusammenbleiben.

Ich hatte vergessen, dass Jan meine Gedanken mithörte. Ich bemerkte es erst, als er mich quasi in Gedanken anschrie.

„Spinnst du, Jessy? Bedeutet dir deine Familie denn gar nichts?“, fragte er erschrocken.

„Was für eine Familie? Meine Familie, das sind Walesa und Oswin, du und Edwin, meine Mentorin Alsuna und Brian und alle anderen Lehrer. Die ganze Schule ist meine Familie, nicht das, was ich hier zu Hause habe!“, meinte ich traurig. Traurig, weil ich gerne eine normale, sterbliche Familie hätte.

„Tut mir leid, Jessy ...“, sagte er ebenfalls traurig.

„Ich will nicht das bisschen Familie verlieren, das ich noch übrig habe ... dich ... Edwin ... Oswin, ihr alle! Ich habe Angst vor dem Krieg ...“, gab ich zu.

„Du musst nicht mitkämpfen, die freie Entscheidung, weißt du noch, eine wichtige Regel unserer Schule ...“

Bevor er weiterreden konnte, unterbrach ich ihn. „Stopp! Ich habe doch keine Angst, dass ich in dem Krieg sterben könnte. Ich habe Angst um euch alle!“, stellte ich klar.

„Ich habe auch Angst um dich“, gab er zu.

„Ich weiß ...“ Ich verstand Jan. Ich verstand aber auch mich. Ok, eigentlich dachten wir dasselbe, also verstanden wir uns gegenseitig.

„Treffen wir uns morgen in der Bücherei in der Schule? Vielleicht gibt es Bücher über Elects, die parallel zu uns erwählt werden“, dachte Jan.

„Klar, bis morgen. Wann?“, fragte ich.

„Zehn? Aber ohne Edwin, wir müssen das zu zweit schaffen“, erinnerte er mich.

„Ok, ich werde da sein. Danke, dass du immer so für mich da bist. Was würde ich nur ohne dich machen? Gute Nacht, Jan“, verabschiedete ich mich.

„Gute Nacht, und bitte.“

Er klickte unsere Unterhaltung aus.

Jan und ich stöberten nur selten nach einer Unterhaltung in den Gedanken des anderen. Deswegen machte ich mir keine Sorgen, dass er mir jetzt zuhörte. Wir hatten zwar sowieso keine

Geheimnisse voreinander, aber man musste auch mal zu denken, ohne dass man das Gefühl hatte, belauscht zu werden.

***

Edwin starrte an die Zimmerdecke und dachte an das Internat, das er morgen in seinem ganz realen Leben wieder besuchen musste. Dass Moni das Geheimnis kannte, konnte Edwin Jessica eigentlich nicht übel nehmen, denn auch er hatte es vor ein paar Wochen geschafft, die Schulregel zu brechen – und sogar mehr als das. Er war damals in seinem Internatszimmer in dieser blöden Hochbegabtenschule gewesen, das er sich mit fünf anderen teilen musste. Das Zimmer war mit sechs Betten vollgestopft und mit drei Doppelschränken, in die sie nur ihre Klamotten legen durften. Die Wände waren grün gestrichen und die Tür und die Schränke waren strahlend weiß. Keiner hatte Spielsachen oder Kuscheltiere und in den Zimmern gab es auch keine Schreibtische, da sie sich mit anderen Dingen beschäftigen sollten. Bücher, Stifte und Schulsachen waren im Hausaufgabenzimmer gelagert, wo sie aber nur von ein bis vier Uhr hinein durften. Alle Kinder hatten dieselbe himmelblaue Bettwäsche und keiner durfte in seinem Zimmer etwas anderes als Kleidung besitzen.

An dem Tag, als er die Schulregel von der *School of the Elect* gebrochen hatte, war er ziemlich wütend und frustriert gewesen wie so oft im Internat. Einer seiner Zimmerkameraden war ins Zimmer gekommen. „Hallo Edwin, willst du mit uns ins Mathemuseum?", hatte Friedrich gefragt.

„Mathe? Nee danke, ihr könnt alleine gehen. Ich hasse Mathe!", hatte Edwin wütend erwidert. Friedrich war ein typischer Streber, der nichts außer Schule im Kopf hatte.

„Du bist doch nicht normal. Ich meine, hallo? Das ist Mathe! Wie kann man das nicht mögen?", hatte er spöttisch gefragt.

Edwin hatte versucht, ihn zu ignorieren, aber er war so wütend gewesen, dass er so eine Auseinandersetzung einfach mal gebraucht hatte. „Ich bin eben nicht so ein Streber wie du und ich hasse jeden Tag, den ich hier verbringen muss!“, hatte er erwidert.

„Wenn ich nicht hier wäre, müsste ich auf eine Grundschule gehen. Grundschule! So langweilig, außerdem kann mir das Internat einen prima Abschluss geben, sodass ich nur neun Jahre in die Schule muss und dann mein Abi habe“, hatte Friedrich lächelnd gesagt. Dann war er zur Tür gegangen, hatte sich aber noch einmal zu Edwin umgedreht und gefragt: „Du willst sicher nicht mit?“ Edwin hatte es nicht mehr ausgehalten, war aufgestanden und hatte Feuerpfeile auf Friedrich geschleudert. Friedrich hatte sich verbrannt und war hingefallen. Er hatte Edwin ängstlich angestarrt. Der junge Elect hatte das nicht gewollt und sich von seinem Internatszimmer in Walesas Büro teleportiert.

„Edwin! Du weißt doch, dass es verboten ist, hier in der Schule zu teleportieren!“, hatte Walesa erschrocken gesagt, als Edwin plötzlich in ihrem Büro aufgetaucht war.

„Ich weiß, aber ich hab’s eilig. Walesa, du musst mir helfen, ich habe Mist gebaut!“, hatte Edwin gestammelt.

„Was ist denn los?“, hatte Walesa gelassen gefragt.

„Ich ... habe in meinem Internat ... einen Jungen mit meinen Kräften verletzt ... aber das war keine Absicht!“, hatte Edwin gestanden.

„Edwin!“, hatte Walesa erschrocken gerufen.

„Es tut mir leid! Kannst du ihn nicht einfach vergessen lassen, es war keine Absicht!“

„Du weißt, dass du deine Kräfte nur benutzen kannst, wenn du es wirklich willst“, hatte Walesa ihn erinnert. „Du kannst Menschen nicht einfach angreifen, aber ich werde dir in diesem Fall helfen. Es wird jedoch noch Konsequenzen haben. Auch wenn du noch so wütend bist, darfst du niemanden verletzen. Du musst mich in dein Zimmer bringen, denn ich kann den Vergessenszauber nur anwenden, wenn ich den Betroffenen sehe“, hatte Walesa erklärt.

„Aber er wird dich sehen!“, hatte Edwin gesagt.

„Nein, ich werde unsichtbar bleiben und dir zu dem Jungen folgen, werde ihn vergessen lassen und dann sofort wieder zurückgehen.“ Sie legte ihre Hand auf Edwins Schulter und er teleportierte beide in sein Internatszimmer. Walesa war tatsächlich nicht zu sehen gewesen, aber Edwin hatte ihre Anwesenheit spüren können. Der junge Elect hatte sich auf den Weg gemacht und Friedrich gesucht. Es hatte nicht lange gedauert, bis er ihn gefunden hatte. Friedrich war ängstlich vor ihm zurückgewichen. Edwin hatte den Zauber in der Luft spüren gespürt und ein paar Sekunden später hatte er gewusst, dass er gewirkt hatte, und auch Walesas Anwesenheit war nicht mehr zu spüren gewesen.

Edwin lächelte etwas bei der Erinnerung, doch dann belauschte er Jessicas Gedanken, und merkte, dass sie in einer Unterhaltung mit Jan war. Er hörte ihnen heimlich zu, bis sie sich verabschiedeten. Der Junge dachte an diese bösartigen Elects. Er hatte die gedankliche Unterhaltung seiner Schwester und Jans belauscht.

„Mithilfe der Macht heißt doch nicht, in irgendwelchen Büchern rumzustöbern“, sagte er leise vor sich hin. Er hatte eine Idee, wie er es herausfinden könnte. Er müsste nur den Geist des Wissens beschwören. Das war aber gar nicht so leicht und konnte ziemlich gefährlich werden. Er brauchte dabei Hilfe, aber nicht die von Jan oder Jessica. Oswin konnte er auch vergessen, es war den jungen Elects verboten, Geister zu beschwören, und wenn Oswin es wüsste, würde es gleichzeitig auch Walesa erfahren. Nein, er musste sich jemand anderen suchen. Plötzlich fiel ihm einer ein, der helfen könnte: Rick. Rick war 18 Jahre alt und ein Krieger. Für Edwin war er ein echter Freund. Er stand auf, zog sich an und schrieb Jessica einen Zettel, falls es länger dauern sollte. Er nahm einen Stift und begann zu schreiben:

*Jessica!*
*Mach dir keine Sorgen um mich, bin bald wieder da. Ich muss nur dringend etwas erledigen. Lass dir eine Ausrede für Mom*

*einfallen, warum ich nicht da bin. Bitte wünsche mich nicht herbei, es ist echt wichtig!*
*Dein kleiner Bruder*
*Edwin*

Er legte den Brief aufs Bett, belegte ihn aber mit Unsichtbarkeit, damit nur Jessica ihn lesen konnte. Elects konnten nämlich durch die Unsichtbarkeit dringen, was bedeutete, sie konnten das Unsichtbare sehen. Edwin stellte sich in die Mitte des Zimmers und teleportierte sich zur *School of the Elect.*

In der Schule betrat er nicht das Hauptgebäude, sondern ging den Weg entlang zu den Wohnhäusern. Es war wie ein kleines Dorf mit einem Wolkenkratzer in der Mitte. Er ging ins Dorf und suchte Ricks Haus. Er musste etwas gehen, denn Ricks Haus war weit entfernt. Ein schönes dunkel gestrichenes Häuschen, es war zwar nicht sehr groß, aber immerhin verfügte das Haus über zwei Stockwerke und einen Dachboden. Edwin zögerte, er kannte Rick gut, hatte ihn aber noch nie so spät abends besucht. Nein, eigentlich hatten sie sich nie bei ihm zu Hause getroffen, sondern meistens in der Schule. Er klingelte und wartete.

Rick öffnete die Tür. „Edwin, was machst du denn hier?", fragte er überrascht, als er den Jungen sah.

„Ich brauche deine Hilfe", meinte Edwin verlegen.

Rick musterte ihn. „Wobei brauchst du meine Hilfe, Kleiner?", fragte er interessiert.

„Beim Beschwören von Geistern", brachte Edwin zögernd heraus.

„Wie bitte?", fragte der Krieger erschrocken.

„Es geht um den Krieg ... Ich muss etwas über diese anderen Elects herausfinden. Ich will wissen, was sie sind", gab der Schüler zu.

Rick überlegte. Er war ein muskulöser junger Mann, 18 Jahre alt, braun gebrannt mit dunklem Haar. Er kniff seine braunen Augen zusammen. „Ok, ich helfe dir! Aber nicht hier, wir werden woanders hingehen. Warte kurz hier." Er verschwand im Haus, als er wiederkam, trug er ein Schwert bei sich. „Ich hab übrigens noch was für dich." Er gab Edwin vorsichtig etwas, das in Decken eingewickelt war.

Der Achtjährige streifte den Stoff ab und konnte es nicht fassen.

„Das ist für den Kampf", erklärte Rick und lächelte glücklich.

„Ein Schwert!" Edwins Stimme war kaum mehr als ein Flüstern.

„*Dein* Schwert", berichtigte Rick ihn.

Der Junge nickte glücklich. „Mein Schwert ..." Er zog die Klinge aus der Scheide.

„So, und jetzt lass uns gehen, kleiner Krieger!" Er streckte Edwin die Hand hin, der sie ergriff, und gemeinsam teleportierten sie sich zu einem dunklen Ort, den Edwin nicht kannte.

„Wo sind wir?", fragte er, während er sich umsah.

„In einem Elect-Gebiet, keine Sorge, hier können uns Menschen nicht sehen", beantwortete Rick die Frage. „Hier in der Nähe halten sich diese anderen Elects auf, aber sie werden uns nicht bemerken", versprach er. Sie gingen einen kleinen Pfad entlang, der sie zu einer Höhle brachte.

„Woher kommt eigentlich mein Schwert?", fragte Edwin neugierig.

„Es ist eine Sonderanfertigung, so wie sie jeder Krieger bekommt. Es ist sogar dein Name eingraviert, wenn du genauer hinschaust", erklärte der Erwachsene ihm.

„Wow, unglaublich ...", meinte Edwin staunend.

„So, hier werden wir die Geister beschwören." Rick blieb am Eingang der Höhle stehen.

„Wo sind wir?", fragte Edwin mit zitternder Stimme.

„Das war das Revier der anderen Elects, deshalb können wir hier auch viele Dinge über sie herausfinden", erklärte Rick.

„Wo sind sie denn jetzt?", fragte Edwin ängstlich.

„Hier in der Nähe, aber hab keine Angst, junger Krieger, wenn uns wirklich welche angreifen sollten, beschütze ich uns schon", versicherte der Ältere.

„Du willst mich beschützen? Ich vertraue dir, klar, aber ... wir sind in der Schule eine ganze Armee Krieger und so, dann schaffst du es allein bestimmt nicht ...", meinte Edwin.

„Wir werden nicht auffallen, also komm." Rick stellte sich ihm gegenüber. „So, bleib da stehen und sprich mir nach!"

Edwin nickte.

„Breite deine Arme aus und schaue zum Himmel", sagte Rick.

Das kam Edwin zwar ziemlich albern vor, aber er machte es trotzdem. So standen die zwei sich gegenüber und schauten zum Himmel.

„Geist des Wissens, ich rufe dich", sagte Rick.

Edwin sprach ihm nach.

„Spüre die Macht unseres Rufes!", sprach der Krieger weiter. Edwin wiederholte alles, was Rick sagte.

„Und unseren Willen, etwas Wichtiges herauszufinden ..." Rick schloss die Augen.

Der Junge wiederholte es mit kraftvoller Stimme.

„Geist des Wissens erhöre uns, wir brauchen deine Antwort!", endete Rick.

Nachdem Edwin es wiederholt hatte, mussten beide die Augen fest zusammenkneifen. Vom Himmel kam etwas hell Leuchtendes auf sie zu. Es war so hell, dass Edwin sogar durch seine geschlossenen Lider die Augen wehtaten.

Das Leuchten verschwand so blitzartig, wie es gekommen war, und als Edwin die Augen öffnete, keuchte er erschrocken auf. Am Himmel schwebte eine weiße Gestalt. Auch Rick öffnete seine Augen, doch er wirkte nicht erschrocken. Er legte die eine Hand auf seinen Rücken und die andere auf sein Herz, dann verbeugte er sich. „Geist des Wissens! Wir haben Fragen über die anderen Elect Wesen an Euch, deshalb haben wir Euch gerufen!", sagte Rick ehrfurchtsvoll.

Der Geist drehte sich zu Edwin um und sah ihm direkt in die

Augen. Ein Zittern durchfuhr Edwin, als er die rot-grünen Augen sah. „Edwin Willington! Ich habe so lange darauf gewartet, dich zu treffen!“, sagte der Geist.

Edwin schaute kurz zu Rick rüber, der ihm ernst zunickte. Der Junge schluckte und fragte mit zitternder Stimme: „Woher kennen Sie mich?“ Edwin konnte sehen, wie Rick fassungslos den Kopf schüttelte. „Äh ... war das die falsche Frage?“, fragte er verwirrt.

„Keine Sorge, Edwin. Jeder kennt dich und deine Schwester, jeder, der um die Elect-Wesen weiß, kennt eure Macht und damit auch euch!“, erklärte der Geist.

„Oh“, entfuhr es Edwin.

„Nun, junger Elect, was dein Freund dir wohl vergessen hat zu sagen, ist, dass jede Frage, die jemand von euch stellt, ihren Preis hat!“

„Oh, entschuldigen Sie, das wusste ich nicht“, entschuldigte sich Edwin.

„Kein Problem, stellt eure Fragen, ich werde sie beantworten!“, forderte der Geist die beiden auf.

Edwin schaute vorsichtig zu Rick. „Geist des Wissens, wir würden gerne wissen, wer diese anderen Elects sind, die sich vor ein paar Tagen noch hier in der Höhle befanden“, sagte der Krieger mit lauter Stimme.

„Interessant! Ich nehme euch zwei mit auf eine Reise in die Vergangenheit, doch denkt daran, dass das einen Preis haben wird!“, erinnerte der Geist die beiden.

„Vergessen wir nicht!“, sagten die Elects.

„Ok, dann tretet in die Mitte und schließt eure Augen ...“

Durch Edwin und Rick ging ein Kribbeln, das sich wie kleine Stromschläge anfühlte. Der Boden unter ihren Füßen verschwand und sie schienen zu schweben. Unsanft kamen sie auf dem harten Boden auf. Edwin riss erschrocken die Augen auf. „Wo ...“, fing er an.

„Psst, still!“, unterbrach ihn der Geist schnell.

Rick, der die Augen nun auch geöffnet hatte, stand auf und schaute sich mit gezogenem Schwert um.

„Ich habe euch mit in die Vergangenheit genommen, doch euch darf keiner sehen, da sich sonst die Gegenwart ändert, also seid gefälligst still!“, erklärte der Geist leise.

Rick, der sich an einem kleinen Abhang befand und hinunterschaute, winkte Edwin lautlos zu sich. Als der Achtjährige am Abhang angekommen war, zog der Krieger ihn schnell hinter einen Stein. Unten am Fuß des Hangs befand sich der Höhleneingang, wo Edwin und Rick zuvor gestanden hatten. Nun befanden sich dort drei Männer und eine Frau mit langen weißen Haaren, die sich angespannt unterhielten.

„Wir müssen heute einen Neu-Elect abholen, der sehr wichtig für unsere Sammlung sein wird“, sagte einer der Männer, dessen schwarzes Haar ihm bis zur Schulter reichte. Er war eindeutig ein erwachsener Elect.

Die Frau nickte ihm zu. „Oh ja, sobald er älter wird, wird er ein echter Wunderknabe sein.“ Ihre Stimme klang mächtig, aber noch ziemlich jung. Sie war zwar eine erwachsene Elect, aber nicht älter als zwanzig.

„Hier ist die Liste der Kinder, die von der *School of the Elect* abgeholt werden sollen, wir haben weitere vier, die wir außer dem begabten Knaben noch abholen können. Wen soll die *School of the Elect* zusätzlich vergessen?“ Der Mann mit dem blonden Haar lachte grimmig.

„Ich habe schon eine Liste zusammengestellt. Acht Jünglinge. Sucht euch noch vier davon aus!“, meinte die Frau.

„Rick Falles, Aladin Semon, Luis Herodon? Was sind das bitte für fürchterliche Namen?“, lachte der Mann mit den schwarzen Haaren.

Edwin und Rick zogen bei den Namen die Luft ein, denn es waren alles Namen von Schülern, die in Ricks Elect-Klasse gingen. Beiden war sofort klar, was dort vor sich ging: Diese Herrschaften suchten neue Elects aus, die von der *School of the Elect* abgeholt werden sollten. „Wir nehmen Jason, Jones, Thomes, Leon und Carlos, den Rest kann man vergessen!“, teilte der dritte Mann mit. „Gut, dann mal an die Arbeit, wir müssen die fünf heute noch abholen! Morgen schon kommen neue Schüler und bis dahin müssen die, die wir abholen, vergessen worden sein. Wenn wir sie haben, sprechen wir den Vergessenszauber aus. Ich hole Jason und ihr den Rest!“

Alle gingen in verschiedene Richtungen.

Rick und Edwin duckten sich hinter dem Stein, um nicht gesehen zu werden. Doch da tauchte der Geist auf und beide erhoben sich wieder in die Lüfte.

„Diese Elects werden gestohlen und dann von allen, die kannten, vergessen!“, teilte Edwin seine Erkenntnis mit.

Der Ältere nickte ernst. „Und beinah wäre ich auch einer von denen geworden ... Ich liebe meinen Namen.“

„Jetzt sind wir da, wo Jason abgeholt wird. Diesmal werdet ihr euch alles aus der Luft anschauen.“ Nachdem der Geist das gesagt hatte, sahen die Elects ein kleines Haus, das etwas von der Stadt abgelegen stand.

„Irgendwo habe ich dieses Haus schon einmal gesehen ...“, murmelte Edwin.

Sie sahen die Frau von der vorhergehenden Vision, wie sie sich in ein Zimmer teleportierte. Als die Frau wieder rauskam, hatte sie einen kleinen Jungen bei sich. Dieser war fünf Jahre alt so wie jeder andere Neu-Elect. Die Frau stellte ihn vor das Haus und hob ihre Arme.

Rick und Edwin kannten den Zauber, den sie anwandte. Es war ein Vergessenszauber. In der Schule wurde er bei den *full-time-Elect*s verwendet, damit die Menschen das Kind vergaßen und sich nicht mehr an es erinnerten. Sogar Fotos, Spielsachen und alles, was an das Kind erinnern könnte, löste sich bei diesem Zauber in Luft auf.

Als der Zauber beendet war, nahm die Frau die Hand des Jungen und teleportierte sich mit ihm weg.

Edwin sah gleichzeitig aber auch, wie ein junges Mädchen mit blonden Haaren aus dem Fenster schaute. Das Mädchen kam Edwin bekannt vor. Der Achtjährige überlegte die ganze Zeit, wo er dieses Haus und das Mädchen schon mal gesehen hatte, doch es fiel ihm nicht ein. Um Rick und ihn herum wurde es wieder schwarz und sie erhoben sich weiter in die Lüfte.

Diesmal landeten sie erneut an der Höhle. Am Eingang sahen sie einen Jungen, der mit seinem Schwert Kampfübungen machte. Es war der gleiche Knabe, der abgeholt worden war, nur schien er jetzt älter zu sein. Und seine Augen hatten sich verändert. Rick zuckte neben Edwin zusammen. „Die Augen!", hauchte er erschrocken.

Die Iriden des Kindes waren leuchtend blau, fast schon überwältigend. Edwin hatte diese Augen bisher nur zweimal gesehen: an sich selbst und an seiner Schwester.

Der Junge, Edwin erinnerte sich sogar an seinen Namen – Jason –, trug ein blaues Kampfhemd. Eine Frau mit den weißen Haaren kam aus der Höhle. „Jason!", rief sie wütend.

Der Junge erschrak und drehte sich zu der Frau um. „Ja, Herrin?" Er verbeugte sich förmlich vor ihr.

„Warum bist du nicht bei den anderen und kämpfst mit ihnen!" Sie sah Jason böse an.

„Tut mir leid, Herrin ... ich hatte die Kampfstunde vergessen." Er sah sie ängstlich an.

„Wenn du noch einmal etwas vergisst, werde ich dich mit Schwertschnitten bestrafen, sodass du mindestens einen Monat nicht mehr kämpfen kannst!", drohte sie ihm.

„Ich vergesse nichts! Ich werde zu den anderen gehen. Danke, Herrin." Jason verschwand in der Höhle. Es war eindeutig die Frau, die den Knaben einst gestohlen hatte.

Es wurde wieder dunkel und Rick und Edwin konnten nichts mehr erkennen. Als sie wieder sehen konnten, waren sie am Rand eines Feldes. Schnell versteckten sie sich hinter einem Baum. Auf dem Feld standen fünf Jungs und kämpften der Reihe nach miteinander. Sie waren alle etwa 13 Jahre alt. Edwin erkannte Jason an seinen Augen. Die Haare des geraubten Elects waren zu einem Pferdeschwanz gebunden, sein Körper war muskulöser geworden und seine Augen noch strahlender. Er schien nicht mehr so ängstlich zu sein, sondern von Macht erfüllt und stark. Er gewann jeden Kampf und bewegte sich blitzartig schnell, wirkte dabei aber ziemlich elegant.

„Ich muss wohl einsehen, dass ich im Kampf nie gegen dich gewinnen werde“, seufzte ein Junge mit schwarzen Haaren.

„Kein Wunder, dass du der Liebling aller Erwachsener bist!“, meinte ein anderer.

„Ich übe ja auch Tag und Nacht und bediene mich an der Macht meiner Schwester.“ Jason lachte.

„Ja klar! Irgendwann bringst du sie dann mit ihrer eigenen Macht um. Das wird ein Spaß!“, sagte einer der Jungs lachend.

„Sie hat es verdient!“, stieß Jason hasserfüllt aus.

„Oh ja, irgendwann kannst du ihr alles heimzahlen! Ist sie auch so stark wie du?“, fragte der Junge mit den kurzen schwarzen Haaren.

„Sie ist stark, kein Zweifel, aber ich bin stärker!“

Die Szene verschwamm und es wurde wieder alles schwarz um Edwin und Rick. Die nächste Szene spielte sich erneut vor der Höhle ab. Jason war mittlerweile etwa 18 und wieder erkannten Edwin und Rick ihn an seinen blauen Augen.

„Das war vor genau einer Woche“, erklärte der Geist, der Rick und Edwin die ganze Zeit über begleitet hatte.

Jason stand mit vielen erwachsenen Elects in einem großen Kreis. „In dem Kampf werden auch viele junge Elects der *School of the Elect* kämpfen. Zuerst müssen in dem Kampf Oswin und seine Mutter Walesa ausgeschaltet werden, außerdem noch Edwin und Jessica und dann der Rest“, erklärte die Herrin, wie Jason die Frau mit den weißen Haaren genannt hatte.

Edwin gefror das Blut in den Adern und auch Rick hatte sich neben ihm verkrampft.

„Jason übernimmt Edwin und Jessica, wir anderen den Rest!“, meinte ein Mann.

Jason nickte glücklich. „Oh ja, ich werde sie ein für alle Mal ausschalten!“ Seine Stimme hatte einen gefährlichen Ton und klang noch lange nach, als die Szene schon längst wieder verschwunden war und Rick und Edwin sich wieder in der Gegenwart am Höhleneingang befanden.

„Gestohlene Elects!“, stellte Edwin fest.

Der Krieger nickte. „Ich hätte nie geahnt, dass man auch bei Walesa Vergessenszauber anwenden kann!“, flüsterte er.

„Ich auch nicht ...“, gab Edwin zu.

„So“, rief der Geist, „und jetzt zu meinem Preis ... Edwin!“ Er sah dem Jungen in die Augen.

„Ich werde den Preis bezahlen!“, mischte sich Rick ein.

„Ich will aber nichts von dir, Krieger! Nur Edwin kann mir geben, was ich will!“ Der Geist winkte Ricks Angebot ab.

„Und das wäre?“, fragte der Achtjährige vorsichtig.

„Du musst einen Elect deiner Familie vernichten und mir dessen Seele bringen!“, forderte der Geist.

„Nein!“, schrie Edwin. „Das mache ich nicht!“

„Du musst! Wenn ich in zwei Wochen bis Sonnenuntergang keine Seele deiner Familie habe, werde ich deine ganze Familie auslöschen!“, drohte der Geist. Dann löste er sich in Luft auf und war verschwunden.

Edwin kniete auf dem Boden und weinte. Sein Freund stand mit traurigem Gesicht daneben. Dann war ein Knacken zu hören und eine Gestalt kam hinter den Felsen hervor ...

# Erwischt

„Edwin Willington und Rick Falles, was für eine Überraschung." Die Gestalt kam ins Licht, sodass die beiden Freunde sie erkennen konnten. Es war Jason, der, den sie eben noch in ihren Fantasien gesehen hatte. Nun war er real. Edwin entfuhr ein Schrei.

„Geister beschwören? In unserem Reich? Dumm zu glauben, wir würden das nicht mitkriegen!" Jasons Lachen klang gefährlich. Hinter den Bäumen kamen weitere gestohlene Elects hervor.

Edwin sprang auf. Rick hatte sein Schwert gezogen und schirmte den Jüngeren ab, doch es kamen immer mehr Elects. Von allen Seiten. Der Junge zog ebenfalls sein Schwert und trat neben den Krieger.

„Komm näher, Edwin, oder traust du dich nicht?", fragte Jason höhnisch. Rick drehte sich zu seinem Freund, um ihn abzuhalten, aber Edwin war schon in die Mitte getreten. Als hinter ihm ein Schrei ertönte, zuckte Edwin zusammen und drehte sich um. Wo eben noch Rick gestanden hatte, waren nun fünf gestohlene Elects, die Rick ergriffen hatten.

„Verschwinde, Edwin!", rief Rick ihm zu. „Teleportiere dich weg!"

Edwin versuchte es, aber es gelang ihm nicht. Auch bei dem Versuch, sich unsichtbar zu machen, scheiterte er. „Ich kann nicht! Meine Kräfte funktionieren nicht!" Panik erfasste den Jungen. „Rick, was soll ich tun?!", schrie Edwin verzweifelt. Mittlerweile war er von gestohlenen Elects umzingelt, die immer näher kamen.

„Du musst kämpfen!", brüllte Rick, der immerhin zehn Jahre älter und erfahrener war als Edwin.

„Ich habe das noch nie gemacht! Ich habe erst seit heute ein Schwert!“, schrie Edwin zurück.

„Versuch es!“, forderte Rick ihn auf.

Edwin drehte sich zu Jason um, doch der lachte. „Versuch es doch, mich zu töten. Bei all den Kriegern wirst du sowieso verlieren! Normale Elect-Kräfte funktionieren in unserer Anwesenheit nicht und deine anderen kannst du nur einsetzen, wenn du zusammen mit deiner Schwester bist“, erklärte Jason hochmütig.

Er hatte recht. Ohne seine Kräfte würde Edwin so oder so verlieren ... aber nicht kampflos! Als der erste Elect angriff, wich Edwin schnell aus. Den zweiten Schlag wehrte er auch noch ab, beim dritten jedoch wurde sein Schwert weggeschleudert und er von Jason gefangen genommen. Der Junge versuchte, sich zu befreien.

„Lass das, Edwin, du hast keine Chance!“, rief Rick ihm zu.

Sie mussten mit den gestohlenen Elects mitgehen und wurden mit verbundenen Augen einen Weg entlanggeführt, der bei einer zweiten Höhle endete. Als ihnen die Augenbinden abgenommen wurden, befanden sie sich in einem dunklen, kalten Raum. Unsanft wurden sie zu Boden geworfen. Jason knallte die Tür zu und sie waren allein. Edwin weinte laut.

„Hör auf, Edwin! Krieger heulen nicht, weil sie wissen, dass es nichts bringt!“, fuhr Rick ihn wütend an. „Es tut mir leid ... Ich habe versagt. Ich hatte versprochen, dich zu beschützen ...“, murmelte Rick, nachdem sein anfänglicher Ärger verflogen war.

„Es muss dir nicht leidtun“, flüsterte Edwin. „Ist es nicht so, dass wenn du Schutz versprichst und diese Person sterben würde, du dann auch sterben müsstest?“, fragte er vorsichtig. „Ich muss so was wissen, immerhin werde ich, oder soll ich, Krieger werden.“

„Wir kommen hier schon raus. Bei einem Versprechen wäre ich nicht gestorben, nur bei einen Schwur. Wenn ich jemandem Schutz schwöre, bin ich bis an mein Lebensende daran gebunden“, erklärte Rick, der mittlerweile traurig klang.

„Wenn wir hier rauskommen ... würdest du einer Person Schutz schwören?", fragte Edwin neugierig.

„Ich werde diesen Schwur erst antreten, wenn ich eine Person liebe und ich weiß, dass sie mich auch mag ... wenn wir zusammen sind ... und ich für immer mit ihr zusammen sein will ... dann ja." Der Krieger ließ den Kopf hängen.

„Du liebst schon jemand, stimmt's? Du weißt nur nicht, ob sie dich auch liebt. Du bist ein Krieger, warum fragst du sie nicht einfach?"

„Das verstehst du noch nicht, Edwin. Diese Person wird von vielen verehrt", sagte Rick traurig.

„Ich kann Leute, die ich mag, gut durchschauen, aber alles weiß ich nicht. Wer ist es?", bohrte der Junge weiter nach.

„Ist dir kalt?", fragte Rick. „Ich bin ja nicht derjenige, der gerne mit anderen Jungs kuschelt, aber ich will nicht, dass du erfrierst. Momentan ist mir eh egal, was andere von mir denken." Der Krieger hielt Edwin seine Jacke hin, der sie anzog und sich von Rick warmhalten ließ.

„Also?", hakte Edwin nach. „Wer ist es?"

Rick zögerte kurz und holte tief Luft. „Jessica."

***

„Guten Morgen, Jessy. Ich weiß, es ist Sonntag, aber steh bitte auf und wecke deinen Bruder. Ich muss ihn in drei Stunden zurück zum Internat fahren."

Meine Mutter weckte mich wie jeden Morgen. Ich nickte und sie verschwand im Flur. Irgendwie fühlte ich mich anders als sonst. Panik baute sich in mir auf, aber ich wusste nicht, woher sie kommt. Ich stand auf und ging in Edwins Zimmer. Jetzt war mir klar, woher dieses komische Gefühl kam: Mein Bruder war weg! „Scheiße. Edwin?", flüsterte ich entsetzt, ehe ich seinen Brief fand und las.

Ich überlegte nicht lange, sondern rannte aus dem Haus. Kurz vor der Haustür erwischte mich meine Mutter. „Wo willst du hin, Jessica?"

„Ich muss mit Jan ein Referat vorbereiten und muss los, sonst komme ich zu spät!" Schnell ließ ich mir diese Ausrede einfallen.

„Was ist mit deinem Bruder, ist er schon wach?", fragte sie misstrauisch.

So ein Mist aber auch!

„Sag, er ist schon bei mir und wir bringen ihn ins Internat! Nicht die beste Ausrede, aber besser als nichts", flüsterte Jan mir gedanklich zu.

Puh, er wusste also auch schon Bescheid.

„Sorry, wir haben ganz vergessen, es dir zu sagen. Edwin ist schon bei Jan, beide wollten eine Überraschung für mich planen. Wir bringen ihn nachher rechtzeitig ins Internat, versprochen!", log ich. Mom sah mich misstrauisch an, aber zum Glück war sie so eine Mutter, die mir einfach alles glaubte. Na ja, es lag vielleicht auch daran, dass ich ihre Gedanken manipulieren konnte, was zwar nicht nett, aber notwendig war. Sie ließ mich ohne ein weiteres Wort gehen.

Ich rannte bis um die nächste Straßenecke, schaute mich um, ob ich auch nicht beobachtet wurde, und teleportierte mich zur *School of the Elect*. Ich sah mich nach Jan um, konnte ihn aber nicht entdecken. „Jan!", rief ich.

„Jessica! Es tut mir leid, ich habe echt aufgepasst! Es waren diese anderen Elects!", schrie Jan verzweifelt.

„Von was redest du?", fragte ich vorsichtig.

„Moni ... sie wurde vor meinen Augen von den Elects entführt ... Meine Kräfte waren wie eingefroren, ich konnte nichts machen!", verteidigte er sich.

Ich war so von Panik ergriffen, dass ich ins Elect-Dorf rannte. „Rick soll die Krieger zusammenrufen! Wir müssen Edwin und Moni retten!", rief ich Jan zu.

Als ich an Ricks Haus angekommen war, ging ich einfach hinein. Kurze Zeit später hörte ich, wie jemand meinen Namen rief.

„Jessica?“ Walesas Stimme kam von draußen. Ich zuckte zusammen und drehte mich zu ihr um. Die Schulleiterin war zusammen mit Oswin und ihrem Mann von etlichen Kriegern umgeben. Jan stand etwas abseits und schaute mich mit traurigen Augen an.

„Rick wird vermisst. Er ist nicht auf dem Campus.“ Walesa schaute mir in die Augen.

„Edwin ist auch verschwunden!“, brachte ich heraus. „Ich muss meinen Bruder finden!“ Ich kreischte schon fast.

„Ruhig, Jessica!“ Ein Krieger namens Neon legte mir eine Hand auf die Schulter. „Beruhige dich. Es wird schon wieder gut. Wir werden Edwin finden“, versprach er mir.

„Jessica, kannst du deinen Bruder nicht gedanklich erreichen? Ihr könnt doch mental kommunizieren. Hast du es schon versucht?“, fragte Walesa ruhig.

Ich nickte. „Ich kann ihn nicht erreichen. Bis jetzt konnte ich seine Gedanken immer lesen, egal wo er war!“ Meine Stimme klang zittrig.

„Oswin, ruf die anderen Krieger zusammen und komme dann in mein Büro!“, forderte Walesa ihren Sohn auf. Dieser warf mir ein tröstliches Lächeln zu, bevor er die anderen Krieger zusammensuchte. Wir folgten Walesa in ihr Büro.

***

Als Edwin aufwachte, war Rick schon wach. „Brrrr ... hier ist es ja noch kälter geworden oder bilde ich mir das nur ein?“ Der Achtjährige setzte sich neben den Krieger, der zu ihm runterschaute.

„Ja, es ist tatsächlich kälter geworden, aber erstaunlicherweise hast du die Nacht durchgeschlafen, während ich kein Auge zubekam“, brummte Rick.

„Du hast nicht geschlafen?“, fragte Edwin erstaunt.

„Ich konnte nicht, ich habe nachgedacht. Ich glaube, ich weiß jetzt, was dieser Jason ist. Ich bin die Bilder seiner Kindheit durchgegangen und ich denke, ich weiß, warum dir das kleine Mädchen und das Haus so bekannt vorkamen“, meinte Rick.

„Was denkst du?“, wollte der Kleine wissen.

„Das kleine Mädchen ist deine Schwester und das Haus ist das, in dem deine Familie vor deiner Geburt gelebt hat. Ich glaube, dass Jason dein Bruder ist. Diese Augen ... deine Augen, Jessicas Augen ... Es sind dieselben. Als Jessica zum Elect wurde, veränderte sich ihre Augenfarbe, und bei dir passierte das ebenfalls, aber bei Jason veränderten sich seine Augen erst um die Zeit, in der Jessica zum Elect wurde. Eure Augen sind ein Zeichen der familiären Verbundenheit“, erklärte der Krieger.

Das, was er sagte, klang logisch. Da Menschen die gestohlenen Elects vergaßen, so als hätten sie nie existiert, konnte es sogar stimmen, dass Jason Edwins Bruder war. „Das klingt ziemlich richtig, was du sagst, auch wenn ich nicht Jasons Bruder sein will, bin ich doch überzeugt, dass ich es bin. Deshalb wollte er Jessica und mich schon immer umbringen, ich denke, er weiß, dass wir seine Geschwister sind. Aber wie schaffen wir es, hier wieder rauszukommen? Und warum will er uns umbringen? Ich muss mit Jessy reden, kann sie hier aber nicht erreichen. Ich muss hier raus, sie warnen! Jason ist gefährlich ... und ziemlich stark. Rick, ich muss hier raus, sonst werde ich noch wahnsinnig!“, sagte Edwin verzweifelt.

„Wir können nur abwarten. Komm her. Reden hilft viel, wenn man nicht weiterweiß, so wird man wenigstens nicht verrückt.“

„An was hast du in der Nacht noch gedacht? An Jessica?“ Edwin grinste Rick an, der lachte jedoch nur.

„Ja, ich habe auch an deine Schwester gedacht. Aber ich glaube nicht, dass sie mich mag. Vermutlich kommt sie irgendwann mit Jan zusammen. Du müsstest deine Schwester doch am besten kennen, immerhin kannst du ihre Gedanken lesen“, meinte Rick.

Der Junge lachte. „Ich gebe meiner Schwester aber auch ein bisschen Privatsphäre. So was lese ich in ihren Gedanken nicht nach. Aber sie und Jan ... das geht nicht. Sie sind die besten Freunde und das schon immer! Niemals wird sich einer der beiden in den anderen verlieben, glaub mir."

„Weißt du, Kleiner, manchmal vergesse ich, dass du erst acht bist. Du bist ein Kind, denkst aber wie ein Jugendlicher oder sogar Erwachsener", murmelte der Erwachsene.

„Elects sind doch immer erwachsener als sterbliche Kinder, das ist normal", winkte der Junge ab.

„Nicht alle. Andere Elect-Kinder spielen mit Spielsachen, nicht mit Schwertern. Sie würden nicht so für ihre Schule kämpfen oder generell solche Situationen wie diese hier verstehen. Ich war als Kind nicht wie du. Ich habe mich vor Küssen geekelt und du redest über Gefühle wie ein Jugendlicher. Du bist kein Kind, Edwin. Du und Oswin, ihr wart nie richtige Kinder. Ihr musstet viel zu früh verstehen, wie die Welt funktioniert. Manchmal ist es ziemlich erschreckend, wenn man bedenkt, was ihr nicht tun konntet. Ihr konntet niemals Kinder sein ...", schilderte Rick seine Gedanken.

„Ich war nie ein Kind, da hast du recht. In der richtigen Welt werde ich wie ein Freak behandelt. Ich muss auf ein Internat für Hochbegabte gehen, aber ich hasse dieses Internat! Ich bin immer und überall ein Außenseiter. Ich habe keine menschlichen Freunde. Im Internat sind nur Leute, die sich die ganze Zeit über Mathe und Schule unterhalten! Ich werde gezwungen, in dieses schreckliche Internat zu gehen. Noch zehn Jahre ... das halte ich niemals aus!" Edwin stiegen Tränen in die Augen.

„Warum wirst du dann nicht einfach *full-time-Elect*? Dann könntest du deine Kriegerausbildung anfangen und ein glücklicheres Leben führen", überlegte Rick.

„Ich hab schon oft darüber nachgedacht, aber was ist mit Jessy? Sie hat Freunde. Und ich hoffe immer noch, dass meine Mutter sich irgendwann wieder ändert, mich liebt. Es tut mir bestimmt weh, wenn sie mich vergessen, aber Jessica immer noch bei ihnen wohnt. Meine Schwester wird nie vor ihrem 18. Geburtstag ihr reales Leben verlassen“, flüsterte Edwin traurig.

„Mhh ... da könntest du recht haben, aber wenn ich so überlege ... was meinst du, hältst du es noch zwei Jahre aus?“, fragte Rick.

„Ja, warum?“

„Wenn deine Schwester 18 wird, wird sie ihr sterbliches Leben sowieso aufgeben müssen. Sie bekommt in der *School of the Elect* ein Häuschen und ihr könntet dort zusammenleben, bis du 18 wirst“, schlug der Krieger vor.

„Das ist eine super Idee! Daran habe ich tatsächlich noch nie gedacht“, freute sich der junge Schüler. „Danke, ich hab vielleicht keine sterblichen Freunde, aber dafür habe ich meine Elect-Freunde.“

„Ich habe auch keine menschlichen Freunde“, sagte Rick gelassen.

Edwin zuckte zusammen, als plötzlich die Tür aufging und Jason und eine Frau erschienen.

„Edwin Willington! Wir werden dich zur Herrin bringen!“, sprach Jason mit mächtiger Stimme.

Der Achtjährige atmete schnell. „Rick ...“ Er versteckte sich hinter seinem Freund.

„Sei ein Krieger, Edwin, du schaffst das“, verabschiedete sich Rick.

„Ich habe kein Schwert mehr“, flüsterte der Junge, dass nur Rick es hören konnte.

Der Ältere umarmte Edwin und flüsterte ihm dabei ins Ohr: „In meinem Haus auf dem Dachboden ... such die Kiste mit deinem Namen ...“

Jason und die Frau nahmen Edwin am Arm und zogen ihn mit sich. „Los jetzt!“, forderte die Frau ihn auf. Die Tür schloss sich und Rick blieb allein zurück.

***

In Walesas Büro wurde es immer voller. Dorthin hatten sich alle nach dem Besuch in Ricks Haus begeben. Irgendwann kam Oswin mit 13 weiteren Kriegern hinzu.

„Unser kleiner, begabter Edwin wurde wahrscheinlich von den anderen Elects entführt und unser junger, begabter Hauptkrieger Rick ist ebenfalls unauffindbar. Wir glauben, dass er den jungen Edwin begleitet hat", erklärte Walesa den Kriegern. „Wie alle wissen, kann Jessica mit ihrem Bruder durch Gedanken kommunizieren, was jedoch im Moment nicht funktioniert. Wir wissen nicht, was diese Elects für Fähigkeiten besitzen. Ich denke nicht, dass er getötet wurde, denn davon hätte seine Schwester sicher etwas gemerkt. Außer Rick und Edwin wurde auch eine sterbliche Freundin von Jessica entführt. Jungkrieger Jan war dabei, als es geschah. Da seine Gaben vor den anderen Elects nicht funktionierten, glauben wir, dass Jessica ihren Bruder aus diesen Gründen nicht erreichen kann, da Edwins Kräfte blockiert sein könnten." Sie nickte mir zu.

Ich konnte nur staunen, wie förmlich Walesa immer sprach. Meine Rede war wohl nicht ganz so elegant und höflich. „Walesa hat das Wichtigste schon erwähnt. Ich habe große Angst um meinen Bruder. Wie ihr bestimmt alle wisst, kann ich Edwin mit meinen Gaben herbeiwünschen. Ich weiß nicht, wo sich das Hauptquartier der bösen Elects befindet, aber ich will dort in der Nähe versuchen, meinen Bruder zu erreichen. Sagt mir einfach nur, wie ich da hinkomme!", flehte ich sie an.

„Die Krieger kennen den Ort, du könntest nur durch Gruppenteleportation dorthin gelangen", erzählte mir Walesa.

Toll, ich hasste Gruppenteleportation, davon wurde mir immer schlecht. „Weißt du, wo der Ort ist?", fragte ich Jan. Er nickte. „Bring mich dahin. Bitte."

„Jung-Elects dürfen nur mit zwei über 18-jährigen Kriegern dorthin", sagte die Schulleiterin. „Salomo, Kevin, begleitet ihr bitte die zwei Jung-Elects?"

Die beiden Krieger gesellten sich zu uns. „Wir werden nicht

lange wegbleiben", wandte Salomo sich an Walesa. Dann nahmen wir vier uns wie Kindergartenkinder an den Händen und teleportierten zu einem Ort, der in der Nähe des Quartiers der feindlichen Elects war – so vermuteten wir jedenfalls.

***

Edwin hatte große Angst. Was wollte diese Herrin von ihm und war Jason wirklich sein Bruder? Widerwillig ließ er zu, dass Jason und die Frau ihn mitzerrten. Er hob den Kopf und schaute sich um. Hier sah es nicht gerade wie in einer Höhle aus. Der Flur, den sie entlanggingen, war hell erleuchtet, und auch die Wände waren hell angestrichen. Eigentlich sah es ziemlich freundlich aus. Als sie an einer großen Tür vorbeikamen, nahm Edwin einen üblen Geruch wahr.

In dem Moment öffnete sich die Tür und ein gestohlener Elect kam aus dem Zimmer. Sein Blick war auf Edwin gerichtet. „Der kleine Willington? Wow, wo habt ihr den denn her?" Der Fremde lachte.

„Das dumme Kind meinte, es wäre unauffällig, in unserem Reich die Geister zu beschwören", sagte Jason und lachte ebenso.

„Es wurde übrigens noch ein Mädchen gefangen genommen. Sie ist zwar ein Mensch, aber eine Freundin von unserer lieben Jessica und damit ein Köder. Jetzt haben wir ihre beste Freundin, einen ihrer Freunde und, was am wichtigsten ist, ihren Bruder!", fasste der unbekannte Elect zusammen.

Edwin schluckte. Menschliche Freundin? Das war bestimmt Moni, da sie die einzige der Menschenfreunde war, die Jessys Geheimnis kannte. Jason und die Frau zogen ihn weiter. Sie kamen an einer Menge Türen vorbei, bis sie schließlich am Ende des Flures vor einer stehen blieben. Es war eine große Holztür, die ziemlich alt aussah. Zwei Elect-Männer standen davor und öffneten ihnen. Der Saal, in dem sich Edwin jetzt befand, war in denselben Holztönen wie die Tür gehalten. Er war ziemlich groß und in der Mitte stand eine Empore, auf der sich eine Art Thron befand, auf dem die Frau mit den weißen Haaren saß.

„Edwin Willington, was für eine Überraschung, dich bei uns zu Gast zu haben.“ Die Frau stand von ihrem Thron auf und kam auf Edwin zu.

Dieser wich zurück. „Gast?“, fragte er spöttisch. „Also ich behandle Gäste anders!“

„Edwin, also vielleicht sollte ich mich dir erst mal vorstellen. Ich bin Apolda, werde von meinen Elects aber nur *Herrin* genannt“, stellte sich die Frau mit den weißen Haaren vor.

„Wenn ich wirklich Gast bin, darf ich dann auch wieder gehen?“, fragte Edwin gelangweilt.

„Selbstverständlich nicht! Du bist in unser Reich eingedrungen und wir haben das Recht, mit Eindringlingen zu machen, was wir wollen. Du bist ein Gast, da du aus freien Stücken zu uns gekommen bist. Hätten wir dich entführen wollen, wären wir zu dir nach Hause gekommen“, erklärte Apolda, während der Junge sie böse anschaute.

„Und was wollen Sie von mir!?“, wollte Edwin wissen.

„Ich tue Jason damit einen Gefallen, aber er will euch zwei zusammen umbringen, und wenn ich so überlege, ist es für uns alle eine Erleichterung, wenn ihr tot seid.“ Die Frau lachte grimmig. „Willst du wissen, warum wir dieselben Augen haben?“

Edwin drehte sich zu Jason um, der fies grinste. „Ich weiß es und du kannst noch so blöd gucken, ich habe keine Angst vor dir!“ Als das Kind das sagte, zogen alle im Saal erschrocken die Luft ein. Sofort kamen Krieger auf ihn zu, um ihre Herrin zu schützen.

„Nimm den Mund nicht zu voll! Denke daran, dass wir dich jederzeit umbringen könnten, auch wenn du keine Angst hast. Ein Krieger bist du noch lange nicht!“ Jason hatte sich Edwin in den Weg gestellt.

Der Junge schnaubte. „Ich bin vielleicht noch kein Krieger, aber Angst habe ich vor euch bestimmt nicht!“

„Ach ja? Jetzt erzähle ich dir mal ein kleines Geheimnis von mir: Wie du schon weißt, bin ich dein Bruder, und habe wie du und Jessica Kräfte, die sich auf euch beziehen. Bei dir kann ich Gefühle lesen, deshalb weiß ich, dass du aus Angst laberst und ziemlich nervös bist." Jason schaute Edwin in die Augen.

„Jetzt hört mal auf, ihr langweilt mich ... Olek!" Apolda nickte einem Krieger zu. „Gib den black wispern ihr Frühstück und hole noch mehr Menschen, am besten welche aus Jessicas Freundeskreis. Lass aber ihre beste Freundin vorerst am Leben, genauso wie diesen Krieger im Kerker!", befahl sie Olek, der sich verbeugte und verschwand. „Und jetzt zu dir, Edwin, ich will wissen, ob deine Schule etwas vorhat oder etwas plant", sagte Apolda. Ihre Stimme jagte einem ziemliche Angst ein und ihre Augen schimmerten gefährlich gelb.

„Wenn ich etwas wüsste, würde ich es euch bestimmt nicht verraten!", schrie Edwin.

„James! Mach dich auf die Suche nach Jessicas und Edwins Mutter!", forderte Apolda einen Krieger auf.

„Nein! Meine Mutter soll da nicht hineingezogen werden! Bitte! Sie kennt doch nicht mal unser Geheimnis!", kreischte Edwin panisch. „Sie weiß nichts von den Elects und dieser anderen Welt!"

„Sie wird euer Geheimnis auch nicht erfahren, sondern gleich dem Geisterkern ausgesetzt!", lachte Apolda.

Edwin brach auf seinen Knien zusammen. „Jessica! Ich brauche dich! Wo bist du nur? Jessica ...", schrie er in Gedanken. Er lag nun auf dem Boden lag und weinte. Schmerz durchfuhr ihn. Jemand hatte seinen Arm mit einem Schwert verletzt. Der Junge sah nach oben. Über ihm standen Jason, der ein Schwert in der Hand hielt, und die Frau, die ihn aus dem Kerker hierher geschleift hatte. Die Frau zog nun ihr Schwert an seinem Bein entlang. Edwin war klar, dass sie ihn nicht umbringen, sondern nur quälen wollten. Er schrie ...

Als Edwin wieder zu Bewusstsein kam, bemerkte er ein komisches Gefühl, das er sehr gut kannte. Ein Hoffnungsschimmer machte sich in ihm breit. Als er sich im Saal umsah, sah er immer noch Apolda auf dem Thron. Neben ihr standen zahlreiche Krieger.

Jason zuckte zusammen und sah sich alarmiert um. „Sie ist in unserem Reich! Jessica!“, schrie er. Auch er hatte gespürt, dass sich seine Schwester auf die Suche nach Edwin begeben hatte.

Edwin wollte aufstehen, aber er konnte nicht, da seine Beine und Arme ihm nicht gehorchten. Jetzt, da Jessy ihm so nahe war, funktionierten all ihre geschwisterlichen Fähigkeiten wieder.

„Jessica wünscht ihren Bruder herbei! Findet sie!“, brüllte Jason plötzlich, während er nach dem Arm seines Bruders griff, doch der Jüngere hatte sich schon so weit soweit aufgelöst, dass man ihn nicht mehr greifen konnte. Jason rannte mit mehreren Kriegern raus, um Jessica ausfindig zu machen.

***

Als Edwin seinen wieder Körper spüren konnte, sackte er auf dem Boden zusammen.

„Edwin!“, schrie ich.

„Ihr müsst rennen ... Man kann in ihrer Nähe nicht teleportieren. Ihr müsst bis zur Grenze des Elect-Gebiets, dann funktioniert es wieder ... Rennt, sie sind schon auf dem Weg zu uns“, sagte Edwin mühevoll. Einer unserer Krieger nahm ihn hoch und rannte voraus, wir folgten ihnen.

„Edwin? Wo ist Rick?“, fragte ich sanft.

„Gefangen ... im Kerker ... Ich erkläre euch nachher alles.“ Die Stimme meines Bruders wurde wieder kräftiger. Hinter uns hörte ich Jubel und viele Schritte. Wir versuchten, schneller zu rennen, zum Glück hatten Elects eine gute Ausdauer. Die feindlichen Elects kamen jedoch immer näher.

„Wie weit noch?!“, fragte ich panisch.

„Nicht mehr weit, beeilt euch“, schrie der Krieger. Ich schaute hinter mich und konnte unsere Verfolger jetzt sehen. Wir beschleunigten unsere Schritte und durchschritten die Grenze. Der Krieger, der hinter uns lief, schaffte es nicht mehr. Er wurde von den Feinden erwischt. Wir anderen jedoch teleportierten schnell zur Schule zurück.

Dort wurden wir bereits erwartet. Walesa stand mit vielen Kriegern bereit. Als sie Edwin sahen, rief sie sofort Nelly und Charles zu sich, die beide *full-time-Elect*s und begnadete Heiler waren. Sie trugen Edwin auf einer Trage und brachten ihn in die Krankenstation. Walesa, Jan und ich folgten ihnen. Meinem Bruder wurden regelrecht die Kleider vom Leib gerissen. Er hatte viele Wunden, die genäht werden mussten. Sein Arm wurde verbunden, ebenso wie sein rechtes Bein. Mein Bruder wurde zugedeckt und bekam Medikamente und etwas zu trinken. Er schlief ein und wir wurden gebeten, die Station zu verlassen, damit Edwin in Ruhe schlafen konnte.

Walesa brachte uns in ein Zimmer, wo wir die nächsten Nächte bis zum Krieg schlafen konnten. Am liebsten wäre ich bei Edwin geblieben, er hatte wohl sehr viel durchgemacht, aber anscheinend auch viel herausgefunden. Ich durfte aber erst viel später wieder zu ihm – und mit mir Jan.

„Jessica?“, sagte Edwin, als er uns erkannte.

„Edwin, oh Gott! Wie geht es dir?“, fragte ich erleichtert.

„Na ja ... das ist nicht wichtig. Ich muss euch alles über diese Elects erzählen! Über sie, über Jason und Apolda, über die Geister und noch mehr!“, zählte Edwin auf.

„Ok, fang mit den Elects an. Was sind sie?“, wollte Jan wissen.

„Also, diese anderen Elects wurden gestohlen. Jahr für Jahr. Von Apolda, der Herrin der feindlichen Elects. Normalerweise würden jedes Jahr 25 Schüler statt 20 in die *School of the Elect* aufgenommen! Aber dazu kommt es nicht. Diejenigen, die gestohlen werden sollen, werden von der Erstklässlerliste ausgesucht, die unsere Schulleiterin führt. Danach lassen sie Walesa diejenigen vergessen, die sie in ihr Reich mitnehmen möchten und holen sie aus der realen Welt in der Nacht vor ihrem Schuleintritt. Dann wird ein Vergessenszauber angewandt, damit die Menschen diese Kinder vergessen. Danach werden sie ins Hauptquartier gebracht und dort durch Gewalt und Bösartigkeit erzogen. Ihre Herrin heißt Apolda, das sagte ich ja bereits, und sie ist ziemlich mächtig. Das wissen wir alles, weil Rick und ich die Geister beschwört haben, als wir im Reich der feindlichen Elects waren. Wir sind in die Vergangenheit gereist und haben verschiedene Szenen eines Jungen gesehen, wie er als Fünfjähriger abgeholt wurde und aufwuchs, wie seine Augen und seine Macht sich entwickelten und wie er sich schwor, uns umzubringen. Jessy und mich", erklärte Edwin.

„Gestohlene Elects? Das klingt ziemlich logisch. Aber wer ist dieser Junge, der uns umbringen möchte, und warum will er es tun?", fragte ich.

„Weil er ... unser Bruder ist. Jason Willington ist unser Bruder, wir können uns nur nicht mehr an ihn erinnern, weil natürlich auch wir und unsere Mutter mit einem Vergessenszauber belegt wurden, als Jason aus unserer Familie gerissen wurde. Als er gestohlen wurde, warst du erst drei und ich war noch gar nicht einmal auf der Welt. Jason hat auch besondere Kräfte, manche davon beziehen sich sogar auf uns! Und er hat dieselben Augen wie wir. Er bekam sie, als du zwei Jahre nach seinem Verschwinden Raub zum Elect wurdest", erläuterte Edwin. „Warum er uns allerdings töten möchte, das weiß ich nicht. Ich weiß nur, dass er voller Hass ist."

„Bruder? Willst du damit sagen, dass wir einen Bruder haben, von dem wir nichts wussten? Das ist ziemlich abgefahren, wenn du mich fragst. Warte, wenn ich zwei Jahre später, als er zum Elect wurde, ist er 18 Jahre alt. So alt wie Stefanie. Sind sie Zwillinge? Und wenn ja, warum ist Stefanie dann kein Elect? Jedes Willington-Kind wird zum Elect, nur sie nicht?", überlegte ich.

„Vielleicht ist sie gar nicht wirklich unsere Schwester", schlug mein Bruder vor.

„Ok, Edwin, ich habe sie auch nicht gerade lieb, aber so was zu denken, ist ziemlich fies und gemein!", wies ich ihn zurecht. Klar, ich mochte meine Schwester, die Bitch, nicht, aber ich konnte mich an sie erinnern, wie sie früher einmal gewesen war. Wir waren zwar schon als Kinder nicht gerade ein Herz und eine Seele gewesen, aber wir kamen damals eigentlich gut miteinander aus.

„Jessica, es bringt nichts, die Augen vor der Wahrheit zu verstecken. Es könnte doch wirklich sein, dass Stefanie nicht eure Schwester ist. Das ist nicht gemein und fies, sondern nur realistisch", mischte sich Jan ein.

„Ist das jetzt nicht eigentlich erst mal egal? Unser Bruder Jason ist auf jeden Fall ziemlich stark! Und ich bin, verdammt noch mal, ziemlich schlecht im Kämpfen mit dem bloßen Schwert. Vor dem Krieg muss ich übrigens noch mein Ersatzschwert abholen, ein Schwert wo sogar mein Name eingraviert ist", sagte Edwin stolz.

„Echt? Musst du mir mal zeigen, wenn es dir besser geht. Ach, Edwin, sorry, dass ich jetzt frage, aber es ist wichtig. Weißt du, ob Moni bei unseren Feinden ist? Also, ob sie auch dort gefangen ist, meine ich", fragte ich zögernd.

„Ja ... sie ist dort untergebracht. normalen Bei Menschen, wie sie einer ist. Sie wird nicht getötet, doch die anderen Menschen sind wohl Lebendfutter für die black whisper. Frag mich nicht, was das für Wesen sind", berichtete mein Bruder.

„Unmenschliche Wesen, auch *Stimmen der Nacht* genannt. *Black* heißt *schwarz* und *whisper flüstern. Schwarzes Flüstern* deshalb, weil sich diese Wesen so leise wie der Wind durch die Nacht bewegen. Sie essen, wie du schon sagtest, Menschen und sehen aus wie schreckliche Geister mit drei Beinen und einem Arm", erklärte ich Edwin.

Ich kannte diese Wesen aus dem Geschichtsunterricht der *School of the Elect*, denn dort nahmen wir auch die Feinde der Elects durch. Es gab aber noch viel gruseligere Wesen. Die gestohlenen Elects würden später wohl auch in unsere Geschichte eingehen, wenn wir jemals heil aus dem Krieg kommen würden ...

„Werden wir, sei mal optimistischer, Jessy", versuchte Jan, mich aufzumuntern. Wieder einmal hatte er in meinen Gedanken gelesen.

„Ich wäre mir da nicht so sicher, Jan, ich habe die gestohlenen Elects kennengelernt und sie sind nicht gerade gastfreundlich. Was sie mir angetan haben ... wer weiß, was sie mit Rick anstellen ... Er ist sauer auf sich, weil er mich nicht beschützen konnte. Jessica, er ist einer meiner besten Freunde, ich mache mir echt Sorgen um ihn ...", flüsterte Edwin.

„Wir holen ihn da raus und dann töten wir Jason!", versprach ich.

„Na klar!", sagte Edwin. „Jessica, ich muss Jason umbringen, dann ist alles gut, aber ich habe dafür nur zwei Wochen. Ich werde schnell wieder gesund und versuche übermorgen, wieder mit dem Kampftraining anzufangen. Was sagte Rick immer: Krieger weinen nicht, sie handeln!"

Ich verstand gar nichts mehr. Warum musste Edwin Jason in spätestens zwei Wochen getötet haben? Langsam machte ich mir echt Sorgen, was Edwin uns noch nicht erzählt hatte. „Edwin, was meinst du damit?", fragte ich also nervös.

Er zögerte kurz. „Wie ihr wisst, haben Rick und ich die Geister beschworen. Das hatte jedoch einen Preis: Ich muss bis in zwei Wochen einen meiner Elect-Familie töten, da der Geist sonst meine ganze Familie umbringt. Normalerweise wärst nur du infrage gekommen, aber ich hätte dich niemals töten! Du bist meine Schwester. Aber wenn ich Jason töte, ist die Forderung erfüllt und wir sind ihn los." Als Edwin das erzählte, sog ich scharf die Luft ein. Mein Bruder war doch noch ein kleines Kind, ich konnte doch nicht einfach darüber hinwegsehen und denken: „Juhuu, also wissen wir, wer Jason umbringt. Keine Sorge, du schaffst das schon?" Ziemlich absurd ...

„Ach Jessica, Apolda hat einem ihrer Gefolgsleute befohlen,

Mom zu entführen. Meinst du, dass sie das wirklich tun?", wollte Edwin nun noch wissen.

„Was!? Oh Gott! Ich hole sofort einen Krieger, der auf Mom aufpassen soll!" Ich brach unsere Unterhaltung abrupt ab, sprang aus dem Bett und lief in Richtung Fahrstuhl. Jan folgte mir.

# Der Gefangene

Tage vergingen und der Krieg rückte immer näher. „Ist am Samstag eigentlich Schule?", fragte Edwin mit zitternder Stimme. Ich sah meinen Bruder besorgt an, es ging ihn zwar gesundheitlich schon viel besser, aber ich merkte, wie der bevorstehende Krieg ihn doch belastete.

„Hör auf, dir Sorgen um mich zu machen!", schrie der Achtjährige in Gedanken.

„Tu ich aber, es kann dir doch egal sein! Ich habe mich damit abgefunden, dass du mit in den Krieg musst, aber ich werde mir doch wohl trotzdem noch Sorgen machen dürfen, denn im Gegensatz zu dir *mache* ich mir Sorgen!", verteidigte ich mich.

„Denkst du etwa, ich würde mir keine Sorgen um dich machen? Klar mache ich mir Sorgen! Du bist meine einzige Schwester! Und ich brauche dich! Auch wenn wir uns in letzter Zeit nur streiten, habe ich dich auch noch lieb!", antwortete er nun laut.

Ich sah ihm in die Augen, er weinte ... schon wieder ... Ich nahm ihn in den Arm. „Ich will mich doch auch nicht streiten", sagte ich.

„Ich will eure zärtliche Umarmung ja nicht stören, aber ich soll euch Bescheid sagen, dass alle Krieger und alle anderen, die kämpfen, sich in der Sporthalle einfinden sollen", unterbrach uns Jan, der gerade in meine Gedanken eingedrungen war.

„Warum?", fragte ich verwirrt.

„Weiß ich nicht, aber ich denke, es geht um den Krieg", teilte mein Freund uns mit.

„Wir kommen!", meinte Edwin sofort.

Ich nickte. „Ist es dringend?"

„Ja. Glaub schon", antwortete er.

„Sind in einer Sekunde da." Ich nahm Edwins Hand und wir teleportierten zur Halle.

Eigentlich war das Teleportieren in der Schule unerwünscht, damit wir viel Bewegung hatten und es nicht in einem kompletten Durcheinander endete. Nur im Fach Teleportation selbst durften wir es, sonst nur in Ausnahmefällen. Ich fand jedoch, das war definitiv ein Notfall.

Jan wartete schon auf uns. Zusammen gingen wir nach vorn, wo Walesa stand. Sie begrüßte uns sogleich: „Jessica, Edwin, Jan, gut, dass ihr da seid. Wir können beginnen."

Anscheinend waren wir die Letzten, denn die Türen wurden nach unserem Eintreten geschlossen. Aus der Seitentür kamen zwei Krieger mit einem Elect. Alle in der Halle sogen entsetzt Luft ein. Es war einer der feindlichen Elects! Laute Rufe gingen durch die Menge. Edwin neben mir lächelte. Wie bitte? Wie konnte mein kleiner Bruder es amüsant finden, wenn Leute gefangen genommen werden?

Walesa bat um Ruhe. „Wie Jungkrieger Edwin und Jan es uns berichteten, funktionieren im Beisein der gestohlenen Elects nicht alle unsere Kräfte. An diesem Elect können wir testen, welche unserer Fähigkeiten in ihrem Beisein funktionieren", sagte Walesa.

„Was!", schrie ich. Alle drehten sich zu mir um. Ich nahm Edwins entsetzten Gesichtsausdruck war. „Wie könnt ihr so einfach Elects gefangen nehmen? Niemand weiß, wer dieser Elect hier ist. Vielleicht ist er ein Außenseiter und einer der Guten!" Ich brüllte regelrecht.

„Was soll das? Bei denen gibt es keine Außenseiter, Jessy! Die sind alle böse!", schrie mein Bruder mich an.

„Wir sind auch nicht alle gut!", fauchte ich zurück.

„Jessica! Draußen! Sofort!", wies Walesas mich mit kräftiger Stimme zurück. Widerwillig folgte ich Walesa nach draußen. Ich spürte jeden Blick auf mir. „Jessica? Was sollte das?", fragte die Schulleiterin beherrscht. Erst jetzt bemerkte ich die Tränen, die meine Wange runterliefen. Die Hallentür öffnete sich und Edwin kam heraus. „Edwin geh rein, das geht dich nichts an!“, forderte Walesa ihn auf, doch er blieb, wo er war.

„Ich bekomme eh alles mit durchs Gedankenlesen“, meinte er gelassen. Darauf konnte selbst Walesa nichts erwidern.

„Wie kannst du nur sagen, dass unter uns welche mit bösen Herzen wären?“, fragte Edwin.

„Das habe ich nicht gemeint!“, zischte ich.

„Sondern?“, wollte Walesa wissen.

„Denkt doch mal nach, unsere Art ist auch nicht immer gut, sonst würde es die gestohlenen Elects doch gar nicht geben!“, erklärte ich. Edwin schaute mich fragend an und auch Walesa schien nicht zu verstehen, was ich meinte. „Vor vielen Jahren, meinetwegen auch Jahrhunderten, muss es doch einen oder mehrere Elects aus unseren Reihen gegeben haben, die sich von unserer Seite abgewandt haben, um Elect-Kinder zu stehlen. Oder dachtet ihr, die ersten feindlichen Elects wären vom Himmel gefallen. Einfach so plötzlich dagewesen?“

„Jessica, lass diese Albernheiten. Es klingt logisch, was du sagst, aber wie kannst du denken unter den gestohlenen Elects gäbe es gute?“, fragte sie verständnisvoll.

„Hast du nicht gesagt, Rick wäre auch fast einer von denen geworden? Doch dann haben sie ihn nicht ausgesucht haben, weil er einen komischen Namen hat?“, wandte ich mich an Edwin. Er nickte verwirrt. „Wenn er ein gestohlener Elect geworden wäre, wäre er jetzt böse, aber die gestohlenen Elects können ja eigentlich gar nichts dafür, dass sie böse sind, denn sie wurden zum Bösen erzogen“, versuchte ich zu erklären. „Immerhin waren sie ja einmal welche von uns.“

„Trotzdem, wenn sie nett sein wollten, würden sie sich von dieser Herrin Apolda abwenden“, meinte Edwin.

„Das mag sein. Aber ich komme mir jetzt wie einer dieser gestohlenen Elects vor. Wenn wir jetzt die feindlichen Elects fangen, aushorchen, quälen und dann töte ... dann sind wir auch nicht besser als die", gab ich zu. „Der dort drin ist noch ein Kind! Er ist jünger als ich, höchstens 14."

Walesa unterbrach mich: „Das spielt keine Rolle!"

„Wenn du in der Schlacht auch so denkst, stirbst du schnell", meinte Edwin traurig.

„Das ist etwas anderes. Im Krieg gibt es die Bösen und auf der anderen Seite uns. Wenn sie angreifen, werde ich meine Schule schützen, aber bei einem einzelnen von ihnen, der nicht mitkämpft, sondern sich zurückhält, könnte ich nicht töten, weil er dann nicht durch und durch böse ist." Ich hoffte, dass sie mich verstanden.

„Ja, aber für mich spielt das keine Rolle, der Junge dort im Raum gehört zu den Feinden", stellte Walesa kalt klar.

„Ich stimme Walesa zu." Edwin legte die Faust aufs Herz.

„Mir ist egal, was du jetzt tust, aber hör auf, die anderen in der Halle verrückt zu machen", bat Walesa.

„Ich stehe doch auch zu unserer Schule", warf ich ein.

„Wissen wir", sagte Edwin, „aber dann verhalte dich auch so!" Er öffnete die Tür und betrat die Halle.

„Es wäre klug, auf deinen Bruder zu hören, Jessica", fügte Walesa an, als auch sie die Halle betrat, und ich allein dastand.

Wenn ich jetzt wieder in die Halle ging, würden mich nur alle blöd anglotzen, und darauf hatte ich echt keine Lust. Ich ging in Richtung Ricks Haus. Nun hatte ich wenigstens Zeit, um nachzudenken. Ich setzte mich auf die Stufen vor dem Haus. Ach Rick ... Ich vermisste ihn nicht nur, ich hatte auch Angst um ihn, sogar ziemlich große Angst. Wie es ihm wohl gerade ging? Ob er überhaupt noch lebte?

„Jessica", flüsterte plötzlich eine Stimme. Es war Elly.

„Hey, lange nicht mehr gesehen. Kämpfst du auch im Krieg mit?", fragte ich verlegen, weil ich nicht mal von meiner besten Freundin wusste, ob diese mit in die Schlacht zog.

Sie nickte. „Ja klar, was denkst du denn! Ich war übrigens auch eben bei der Versammlung." Sie schaute mich vorsichtig an.

„Oh ...“, brachte ich heraus.

„Es ist okay, Jessy“, tröstete sie mich.

„Ist es nicht, aber ich will nicht darüber reden“, meinte ich.

„Schon klar, musst du nicht.“

Das mochte ich an Elly. Sie ließ mir Freiraum und akzeptierte meine Wünsche.

„Ich habe neulich mit Jan geredet und, naja, er ...“, fing sie an.

„Jan? Bitte erspare mir das“, unterbrach ich sie.

„Habt ihr Streit?“, fragte sie verblüfft.

„Nein, aber ich will trotzdem nicht über ihn reden“, bat ich sie.

„Wie du meinst“, meinte sie gelangweilt.

„Hast du das von Rick gehört?“, fragte ich.

Elly stemmte ihre Hände in die Hüften. „Ich bin nicht aus der letzten Welt! Natürlich habe ich das mitgekriegt!“, polterte sie.

„Sorry, ich bin momentan nicht gut drauf!“, gab ich genervt zurück.

„Merk ich!“, brummte Elly.

„Ich brauche jetzt erst einmal meine Ruhe. Ich gehe auf meinem Zimmer, nimm es nicht persönlich.“ Ich stand auf.

„Schon klar! Bekommt die beliebte und ach so tolle Jessica einmal Ärger und macht einen Fehler, wird man weggejagt“, zischte sie und stapfte schnell in die andere Richtung davon.

Na toll ...

Ich machte mich auf den Weg zurück zur Schule. Als ich dabei war, den Flur zu meinem Zimmer entlangzulaufen, kam mein Bruder angerannt kam. Auf ihn hatte ich jetzt echt keine Lust. „Jessica, warte bitte ... Schwesterherz!“, rief er verzweifelt.

Ich seufzte und drehte mich zu Edwin um. „Was ist?“, fragte ich genervt.

„Sage ich dir nur in Gedanken, da werden wir nicht belauscht“, antwortete mir Edwins Gedankenstimme.

„Ok, hast recht, was ist los?“, fragte ich zurück.

„Der Junge, der gestohlene Elect, willst du mit ihm reden? Jan,

Joke, Kevin und ich halten die erste Wache. Du könntest ungestört mit ihm reden. Bitte!", flehte er mich an.

„Warum wollt ihr, dass ich mit ihn rede?", fragte ich erstaunt. „Warum redet ihr nicht selbst mit ihm?

„Ich glaube, du hast damit recht damit, dass er bei unseren Feinden ein Außenseiter ist. Und ich denke, dass er eher mit einem Mädchen als mit einem von uns Jungen sprechen wird. Er ist nämlich echt schräg", meinte Edwin.

„Schräg?", erwiderte ich verwirrt.

„Er will uns Angst einjagen, indem er *Buh* ruft. Für einen Krieg wäre der echt ungeeignet", erzählte Edwin.

„Ok, ich tu es, ich spreche mit ihm", entschied ich.

„Danke, Jessy. Ich habe dich lieb." Der Kleine lächelte mir zu.

„Ich dich auch." Ich nahm ihn in den Arm und gemeinsam gingen wir Richtung Halle.

An der Tür blieb mein Bruder stehen, ich nickte Jan zu, der am Eingang Wache stand. „Kannst reingehen", meinte er mit einem kurzen Nicken.

„Ok, danke." Ich umarmte zuerst meinen Bruder, dann Jan. Beide lächelten mir aufmunternd zu. Als ich die Halle betrat, war sie, wie Edwin schon gesagt hatte, ziemlich leer. Außer dem Gefangenen und mir war keiner da, doch ich wusste, dass Jan und Edwin zu meiner Sicherheit zuhören würden. Der Junge schlief auf dem Boden, seine rechte Hand und sein rechter Fuß waren an eine Kette gebunden, sodass er nicht abhauen konnte. „Hey", sagte ich leise. „Steh auf! Ich will mit dir reden." Meine Stimme war nun etwas lauter.

Der Gefangene bewegte sich und öffnete die Augen. „Ich habe doch gesagt, ich will erst geweckt werden, wenn ich sterben soll!", zischte er mich an. Er war höchstens 14, hatte braunes Haar, das ihm bis zur Schulter ging. Er schaute mich mit seinen grüngelben Augen an. Hätte man ihn von Weitem gesehen, würde man glauben, er wäre ganz nett. Ich trat näher an ihn heran. „Hi, ähm, darf ich mit dir reden?", fragte ich unsicher.

Er musterte mich. „Jasons Schwester? Nö, mit dir rede ich ganz bestimmt nicht. Ich hasse die Willington-Elect-Familie!“ Er drehte sich weg.

„Jason ... mein Bruder ... Ich kenne ihn nicht, aber ich hasse ihn allein deshalb, weil er meiner Familie was antun will ... und mir“, versuchte ich zu erklären.

„Talentierte Willingtons! Ihr könnt mich mal!“, schrie er.

„Alles klar?“, hörte ich Jan in Gedanken.

„Ja, hab alles im Griff“, gab ich zurück, während ich mich wieder an den Jungen wandte. „Es scheint, als würdest du meinen Bruder kennen. Nein, halt, so will ich Jason nicht nennen. Bruder. Edwin ist mein Bruder und Jason mein Feind. Also, es scheint, als würdest du Jason gut kennen?“ Ich versuchte locker und entspannt zu wirken, aber ich bemerkte Nervosität und ein Zittern in meiner Stimme.

„Was denkst du denn? Jeder kennt Jason. Er ist der Liebling der Erwachsenen. Aber ich darf nicht mit dir reden! Du bist mein Feind und ich wurde nicht dazu erzogen, mit dir zu reden. Und einmal will ich im Leben was richtig machen! Wenn ich könnte, würde ich dich und deinen bescheuerter Bruder Edwin umbringen, und Jason gleich mit!“, versuchte er zu brüllen, aber es kam nicht gebrüllt rüber. Es war, als wolle er im Theater die Rolle des Bösen spielen, konnte es aber nicht. Er war, wie Edwin sagte, schräg und ziemlich seltsam.

„Wie heißt du?“, fragte ich ruhig.

„Was geht dich das an? Adrian!“ Plötzlich lächelte er mich an.

Warum lächelte er jetzt so blöd? Es war, als würde ich mich mit einem trotzköpfigen Vierjährigen unterhalten. Ich ignorierte sein bescheuertes Lächeln. „Und du bist wie alt?“, fragte ich weiter.

„13 ... Ach scheiße, das war nicht richtig so ... Buhhh!“, schrie er mich an.

„Was soll dieses alberne *Buhh*? Willst du mir so etwa Angst einjagen?“ Gegen meinen Willen musste ich lachen. Der Typ war nicht seltsam und schräg, sondern einfach nur dumm. Der Junge schien traurig, denn er ließ den Kopf hängen und schluchzte. „Du bist ein Außenseiter bei deinesgleichen, stimmt's?", fragte ich mitfühlend.

Sein Kopf hob sich und er starrte mich an. „So was kapierst du nicht! Du bist doch bei allen bekannt und beliebt!", brüllte er wütend. „Wenn ich dich töten könnte ... dann wäre man vielleicht stolz auf mich ...", meinte er.

Hallo? Ich war direkt neben ihm und er sprach davon, wie schön es wäre, mich umzubringen.

„Ich sag dir mal was, wenn du gegen mich kämpfen willst, nur zu. Erstens bin ich nicht gerade schlecht im Kämpfen, zweitens, wenn du mir auch nur ein Haar krümmen würdest oder mich anfasst, wärst du innerhalb von Sekunden tot, weil dann meine Kriegerschar angerannt käme!", warnte ich ihn. Ich war nicht egozentrisch, normalerweise prahlte ich nicht mit meinen Fähigkeiten, aber wenn jemand davon sprach, mich umzubringen, musste es mal sein.

„Beantworte mir jetzt alle Fragen, die ich dir stelle, und ich will auch nicht das Gefühl haben, mit einem Kleinkind zu reden, das geht mir nämlich auf die Nerven! Denke daran, dass ich dich jederzeit umbringen könnte, also versuch erst gar nicht, mir falsche Antworten zu geben. Ich kann Leute gut durchschauen", gab ich ihm zu verstehen. Er schaute mich böse an, nickte jedoch. „Gut, erste Frage: Warum bist du ein Außenseiter?" Ich begann harmlos, um ihn zum Reden zu bringen.

„Kannst du dir doch denken ...", fing er an.

„Antworte!", unterbrach ich ihn.

„Weil ich nicht Angst einflößend bin ... und niemanden töten könnte", erklärte er widerwillig.

Ich lächelte. Seine Antwort war ein Beweis dafür, dass dieser Junge nicht durchgehend böse war. „Gut. Frage zwei: Wer ist diese Herrin?", fragte ich weiter.

„Apolda. Sie ist unsere Gebieterin. Die Herrin der gestohlenen Elects", brummte er.

„Ist eure Herrin stark und hat sie dich verbannt?“, fragte ich ohne weitere Bemerkungen.

„Ja, sie ist stark, sie hat viele Untertanen und alle unserer Art hören auf sie. Und ja, sie hat mich verbannt“, gab er zu.

„Warum hört jeder auf sie?“, drängte ich weiter.

„Weil sie der Grund dafür ist, dass es uns gibt“, gab er ängstlich zu.

Genau das war es, was ich hören wollte. Es sah so aus, als würde diese Herrin jeden bestrafen, der das Geheimnis der Entstehung der gestohlenen Elects weitererzählte. Und das hatte mein Gegenüber wohl offensichtlich getan, denn sonst wäre der Junge nicht verbannt worden. „Gut, das reicht mir“, sagte ich. „Ich finde nicht, dass du böse bist, im Gegenteil. Ich glaube, du hast ein gutes Herz.“ Ich überlegte kurz. „Würdest du gegen deine Familie kämpfen? Auf unserer Seite?“, fragte ich schließlich.

„Was meinst du damit?“, wollte Adrian zögernd wissen.

„Ob du gegen die gestohlenen Elects kämpfst ... aus Rache, dass sie dich verbannt haben. Du könntest bei uns leben, wärst bestimmt glücklicher und hättest eine richtige Familie. Vielleicht finden wir ja auch deine richtige Familie wieder, damit du weißt, woher du stammst.“

Von den Türen kam ein Poltern und Edwin, Jan und zwei Krieger kamen hereingestürzt. Alle richteten ihre Waffen auf Adrian.

„Edwin, was soll das? Jan?“, fragte ich sie.

„Wie kannst du es wagen und ihm“, Edwin fauchte und deutete auf Adrian, „unsere Schule als Zufluchtsort gewähren? Er ist der Feind, er ist und wird bei uns niemals willkommen sein und mit uns kämpfen wird er garantiert auch nicht! Keiner vertraut dem Feind, Jessica!“

„Er ist ein Außenseiter dort, wo er herkommt, Edwin!“ Es jagte mir Angst ein, dass mein Bruder so fremd klang.

„Dennoch ist er ein Feind!“, schrie dieses Mal Jan.

„Wir könnten einige Kinder der gestohlenen Elects retten! Wollt ihr wirklich Fünfjährige umbringen? Sie sind so jung, sie können gar nicht wirklich böse sein!", versuchte ich sie umzustimmen. Ich merkte, dass ich sie damit getroffen hatte.

„Kinder kann man noch erziehen, Jugendliche aber nicht!" Edwin schaute zu Adrian. „Meine Schwester hat recht. Die Fünfjährigen sind höchstens zwei Wochen da, sie könnte man retten und richtig erziehen, aber beim Rest sehe ich keine Chance." Mein Bruder sah zu Jan.

„Ich stimme dir zu!", meinte dieser nickend. Auch die beiden anderen nickten.

„Ihr seid doch alle wahnsinnig!", schrie Oswin. Abrupt drehten sich alle um.

„Oswin, was machst du hier?", fragte Jan erschrocken.

„Das hier ist mein Zuhause, aber die Frage ist doch, was machst du hier, Jessica? Wache halten? Oder doch lieber mit dem Feind verbünden?", fragte der Junge spöttisch.

„Oswin, was denkst du denn von mir? Du stellst mich hin, als wäre ich der Feind!", rief ich fassungslos.

„Sorry, Jessica, aber das Wohl meines Zuhauses ist wichtig für mich. Außerdem habe ich genau gehört, dass du diesem gestohlenen Elect Zuflucht gewähren willst!", zischte er.

„Oswin! Du bist mein Patenkind, bevor du mich verurteilst, höre mir doch lieber erst einmal zu!", schrie ich flehend.

„Habe ich, aber ich glaube, du irrst dich! Genau wie Jan und Edwin und diese zwei Krieger! Die gestohlenen Elects haben nichts Gutes an sich! Edwin, du müsstest das am besten wissen, schließlich warst du derjenige, der gefangen genommen wurde. Außerdem haben diese Elects Menschen getötet, auch den einen Krieger, der dir, Edwin, zur Flucht verholfen hat!", erinnerte uns Oswin.

„Da hat mein Sohn ausnahmsweise mal recht!", hallte Walesas Stimme durch die Halle. Wir alle zuckten zusammen. „Jessica!", rief mich Walesa. „Ich würde gerne mit dir reden!" Als Jan und Edwin sich um mich versammelten, fuhr Walesa sie an: „Nein! Ich will mit Jessica alleine reden, nicht mit euch! Edwin, geh wieder an deine Arbeit und halte Wache, aber diesmal lässt du niemanden rein oder raus! Jan, auch du gehst an deine Arbeit, aber du hältst nicht Wache, sondern kümmerst dich um die Rüstungen. Es gibt bei Joke viele Rüstungen in etlichen Größen, die holt ihr bitte! Und du, mein Sohn, gehst Jan helfen!“ Sie schaute die drei Jungs an. „Ich weiß, dass Jessica euch wichtig ist, aber es ist ihr Leben, nicht eures. Ich werde sie schon nicht umbringen. Edwin, das ist deine große Schwester, sie braucht dich gerade nicht als Beschützer! Vor allem bei mir nicht und du, Jan, ich weiß, was Jessica dir bedeutet, aber sie ist stark genug!“ Die drei schauten mich verlegen an.

„Viel Glück!“, wünschten mir Edwin und Jan in Gedanken.

Oswin konnte ja nicht gedanklich kommunizieren, deshalb murmelte er mir im Vorbeigehen ein kurzes. „Viel Glück“ zu. Edwin und die zwei Krieger verließen die Halle eilig, auch Oswin und Jan machten, dass sie schnell wegkamen. Bevor ich mit Walesa mitging, wagte ich einen letzten Blick auf Adrian. Er hatte sich wieder umgedreht und bewegte sich nicht. Ich folgte der Schulleiterin aus der Halle, Edwin öffnete uns die Tür.

„Ach so, Edwin, wenn Jessica dir nachher alles erzählen will, tut sie es von sich aus, aber wenn sie das nicht möchte, lies nicht ihre Gedanken!“, wandte sie sich meinem Bruder zu, bevor sie mit mir gemeinsam zu ihrem Büro ging. Dort bat sie mich, Platz zu nehmen.

„Es tut mir ...“, fing ich an, aber Walesa bedeutete mir mit einem Handzeichen, dass ich still sein sollte. Sie drehte sich zum Fenster und schaute hinaus.

Nach einer Weile drehte sie sich um und beobachtete mich. Als ich meinen Blick hob, sah ich ihr direkt in die Augen.

„Meine teure Jessica ...“ Ihre Augen sahen traurig aus. Ich blickte zu Boden. „Wie kann in so einem jungen Herzen nur so viel Gutes schlummern, mehr als bei irgendeinem anderen Elect?“

Erschrocken sah ich zu ihr hoch, hatte ich gerade richtig gehört?

„Du hast richtig gehört. Jessica, es macht mich einerseits glücklich, andererseits aber auch traurig, dich so zu sehen. Du verstehst mehr als andere in deinem Alter. Du hast ein gutes Herz, aber so gut wie du bist, kann dies auch schnell gefährlich für dich werden. Ich habe wirklich in den vielen Jahren, die ich die Schule hier leite, nie einen Elect getroffen, der so gut wie du war", sagte Walesa.

„Das glaube ich nicht. Du lebst schon seit irgendwas über 500 Jahre, da musst du doch haufenweise guter Elects getroffen haben! Ich bin nicht so gut, auch ich mache Fehler. Ich versuche nur, mich für das Gute einzusetzen", erklärte ich traurig.

„Gut zu sein, bedeutet nicht, keine Fehler zu machen, Jessica. Die Besten machen Fehler. Das gehört zum Erwachsenwerden dazu und selbst danach wird man immer wieder Fehler machen. Das ist natürlich, Jessica, auch du wirst in den vielen Jahren, die du leben wirst, noch viele Fehler machen. Aber du hast dein ganzes Leben noch vor dir. Elects sind nicht unsterblich, aber selbst ich habe noch mein halbes Leben vor mir." Sie lächelte mich an. „Wenn ich mir etwas wünschen dürfte, wäre es, dass du meine Nachfolgerin als Schulleiterin wirst. Ich weiß, du könntest es. Du wärst bestimmt eine gute Rektorin, aber leider kann ich meinen Nachfolger nicht selbst aussuchen." Walesa sah traurig aus, als sie das sagte.

Ich blickte sie erstaunt an. Ich meine, hallo? Ich hatte mit einer Standpauke gerechnet, aber mit solchen Worten ganz bestimmt nicht. „Ich dachte immer, Sie wären dafür, dass Oswin Ihr Nachfolger wird?", fragte ich überrascht.

„Ich weiß, dass jeder denkt, er würde automatisch mein Nachfolger werden, aber ich glaube das nicht. Oswin ist mein Sohn, er hat zwar auch ein gutes Herz, aber er ist noch so jung und kann Gut und Böse nicht immer unterscheiden. Das kannst von den Jung-Elects nur du", verriet sie.

Mir kamen vor lauter Rührung die Tränen.

„Deine Meinung ist mir sehr wichtig, also sag sie bitte hier und jetzt. Ich habe vorhin einen Fehler gemacht und dich aufgefordert, deine Meinung nicht zu äußern. Das war falsch. Ich brauche deine Meinung, weil ich weiß, dass sie gut und richtig ist", gab Walesa zu.

Ich blinzelte erstaunt. „Ok. Ich bin der Meinung, dass wir die kleinsten gestohlenen Elects retten sollten. Sie sind erst zwei Wochen da, sie können noch gar nicht böse sein. Eigentlich glaube ich sogar, dass wir auch ältere retten könnten, zumindest die, die nicht mitkämpfen werden. Denn ich gehe davon aus, dass auch bei unseren Feinden nicht alle in die Schlacht ziehen werden. Man kann diese Kinder zum Guten erziehen, und wenn sie sich vom Bösen nicht abwenden können, dann kann man immer noch überlegen, was wir mit ihnen machen", offenbarte ich meine Meinung.

Walesa schien zu überlegen. „Das ist wirklich eine gute Idee. Kinder können wirklich nicht so verdorben sein. Wir müssen erst einmal die Menschen und Rick retten, danach versuchen wir die Kleinsten da rauszuholen. Ok?", fragte sie lächelnd.

Ich nickte fröhlich „Danke, Walesa!" Dann fiel ich ihr wie ein kleines Kind um den Hals – warum auch nicht? Sie war für mich meine Familie.

Sie erwiderte meine Umarmung. „So, reden wir jetzt mal über Rick und Jan", sagte sie mütterlich.

Ich sah sie fragend an.

„Eine Gabe von mir ist, Gefühle zu erkennen. Ich weiß, was Rick für dich empfindet, und du empfindest für ihn das Gleiche: Liebe."

Ich schaute sie verlegen an. Oh mein Gott, war das peinlich! Klar, ich liebte Rick, aber er liebte mich auch? Das war ... echt überraschend. Mein Herz schlug schneller, unglaublich, ich konnte es gar nicht fassen.

„Dein Bruder weiß das alles übrigens, er versucht seit seiner Rettung herauszufinden, ob du etwas für Rick empfindest", gab Walesa zu.

„Wie bitte! Edwin weiß das? Oh Gott, und ich war immer neidisch, weil er und Rick so gute Freunde waren“, rutschte es mir raus.

„Edwin und Rick hatten im Kerker wohl viel Zeit zum Reden, aber gib acht, Jessica, deine Liebe zu Rick könnte einem deiner Freunde Schaden bereiten“, warnte sie. Ich verstand nicht ganz, was sie meinte, aber ich wusste, dass sie mir jetzt nichts Genaueres darüber sagen würde, deshalb ließ ich es einfach darauf beruhen.

„Höre immer auf dein Herz, aber pass auch auf, dass du deine Freunde nicht vergisst oder ihnen schadest. Pass auf Edwin auf, aber nicht in dem Sinne, dass du ihn vor irgendwas schützen müsstest. Nein, passe nur auf, dass ihr euch versteht und euch aufeinander verlasst“, sagte Walesa weise.

***

Oswin und Jan standen unterdessen vor Jokes Haus und warteten, bis dieser die Tür öffnete. „Ihr?“, fragte dieser überrascht, als er seine Gäste sah.

Jan räusperte sich. „Wir brauchen die Rüstungen“, erklärte er.

„Ah, ich dachte schon, dass Walesa heute jemanden losschicken würde, um sie zu holen und zu entstauben. Kommt mit“, trällerte er fröhlich.

Jan und Oswin sahen sich an. „Entstauben?“ Oswin seufzte und folgte dem Krieger auf den Dachboden. Jokes Haus war größer als das von anderen Kriegern. Die zwei wussten zwar, dass man sich sein Haus aussuchen konnte, waren aber doch erstaunt, dass sich Joke, der alleine lebte, gleich für ein Haus mit zwei Stockwerken entschieden hatte – Dachboden und Keller. Andere Krieger lebten in weitaus kleineren Behausungen. Doch Jokes Behausung entschied sich auch durch sein Aussehen von den Häusern anderer Krieger, es war nämlich kunterbunt gestrichen, nicht nur innen, sondern auch außen. Jede Wand hatte eine andere Farbe. Und das stach im Gegensatz zu den einfarbigen Häusern in meist gedeckten Farben der anderen Krieger doch sehr ins Auge.

Joke führte die zwei nun auf den Dachboden, das war ein riesiger Raum, der mit allerlei Kisten vollgestellt war. Doch kaum hatten die drei den Dachboden betreten, sagte Joke: „So, ich muss nun zum Training, viel Spaß hier oben." Er drehte sich auf dem Absatz um und war verschwunden.

„Na toll", sagte Oswin. Und Jan brummte: „Deine Mutter hat echt super Ideen." Dann öffnete er die erste Kiste.

„Ja, echt toll, was? Solche Aufgaben darf ich immer erledigen, wenn ihr euer normales Leben in der realen Welt führt und meine Mutter der Meinung ist, ich hätte Langeweile. Schwerter polieren, Waffen wachsen, sie entstauben und so weiter."

„Du Armer", meinte Jan.

„Schon ok, ich hätte nur manchmal gerne auch ein normales Leben, weißt du?" Oswin wandte sich einer großen Kiste zu.

Jan öffnete gerade eine Kiste, in der viele alte Fotoalben lagen. „Schau mal!", rief er Oswin zu. Er nahm das obere Album aus der Kiste. Es war ziemlich eingestaubt.

„Siehst du, was da schwach geschrieben steht?", fragte Oswin, er zeigte auf eine Schrift, die man nur sehr schwach erkennen konnte. Er rieb mit dem Finger darüber.

*Für meine kleine Nachfolgerin, meine beste Schülerin, Walesa*

Die Schrift war verblichen, aber schön. „Wow, das gehört meiner Mutter, von A-Romy, du weißt schon, das war die Schulleiterin, als meine Mom noch Schülerin hier war", erklärte Oswin aufgeregt. Er nahm das Album und schlug es auf. Auf der ersten Seite war ein Foto zu sehen. „Das war meine Mutter mit A-Romy. Bei der Aufnahme war sie 13 Jahre alt, das Foto hängt auch in ihrem Zimmer", führte Oswin weiter aus.

„Es gab damals schon Fotos?", fragte Jan zweifelnd.

„Die gibt es bei uns schon seit knapp 600 Jahren. Wir haben so was immer früher als die Menschen", lachte Oswin. Das Foto war zwar noch in schwarz-weiß aufgenommen, aber trotzdem waren die Gesichter noch gut erkennbar. Die beiden Jungen blätterten weiter – jetzt hatte sie die Neugierde gepackt. Auf der zweiten Seite war ein kleines Mädchen zu sehen. Darunter stand:

*Dein erster Schultag an der School of the Elect.*

„Wow, das sind alles Fotos aus Walesas Schulzeit!", rief Jan erstaunt. Sie blätterten weiter. Die jetzige Schulleiterin war ein hübsches Kind gewesen. Damals waren sogar die Elects noch ganz altmodisch angezogen. Walesa hatte meistens Kleider an, die ihr bis zu den Knien reichten, außerdem Strümpfe, die hochgezogen waren, dazu trug sie Sandalen. Ihre Haare waren immer zusammengebunden, meistens zu zwei Zöpfen. Als die Jungen das Album fertig angeschaut hatten, holte Oswin ein zweites Album aus der Kiste, es war ein buntes Album und bestimmt nicht so alt wie das erste.

„Das sind ja alles Bilder von mir!", sagte Oswin überrascht. Tatsächlich waren es alles Bilder von Oswins Geburt bis zu seinem ersten Lebensjahr. Die anderen Alben waren jeweils ein Jahr aus der Kindheit des Jungen, bis zu seinem sechsten Lebensjahr. „Meine Mom hat ziemlich viele Bilder von mir", meinte Oswin.

„Ja klar, schließlich hast du auch Geschichte geschrieben."

„Das hat doch damit nichts zu tun!", zischte Oswin aufgebracht. Jan zuckte nur mit den Schultern, er legte die Alben wieder in die Kiste und wandte sich der nächsten zu.

# Der Krieg kommt näher

Nach einigen Stunden hatten die beiden alle Kisten durchstöbert, alle Rüstungen zusammengesucht und in Jokes Wohnzimmer verteilt. Der Krieger hatte den beiden Eimer mit Wasser und Tücher zum Polieren hingestellt, nachdem er vom Training gekommen war. „Aber ihr putzt die Rüstungen bitte draußen. Wie ich euch kenne, hätte ich nämlich dann nachher ein nasses Wohnzimmer. Ich helfe euch auch, sie nach unten zu tragen", meinte Joke.

Die beiden Jungen stöhnten genervt, halfen dem Krieger aber, die Rüstungen nach unten zu tragen. Draußen schien die Sonne, es war angenehm warm. Jan und Oswin setzten sich auf die Treppe vor dem Haus und fingen an, die Rüstungen zu putzen. Sie waren nicht so hässlich wie Ritterrüstungen, eigentlich bestanden die sie nur aus einer Art Helm und einem sicheren Material zum Überziehen.

Nachdem sie die Rüstungen alle geputzt und poliert hatten, glänzten sie in der Sonne. Zum Schluss sortierten die beiden sie nach Größen und packten sie in Kartons, die Joke vors Haus gestellt hatte. Immer zwei Rüstungen kamen in einen Karton. „Fertig!" Die beiden Freunde klatschten sich ab.

„Sehr gut, ich habe Krieger beauftragt, die Kartons zu Walesa zu bringen", teilte Joke ihnen mit.

„Ich glaube kaum, dass Walesa die Rüstungen in ihrem Büro oder Zimmer haben will", murmelte Jan.

„Da könntest du recht haben, dann bringen sie sie eben in den Versammlungssaal", stimmte Joke Jan zu.

„Darum können sich dann die Krieger kümmern, wir sind dann mal weg", sagte Oswin schnell.

„Jugendkrieger Jan? Jungkrieger Oswin?“, gab Joke zu verstehen. Sie seufzten und nahmen den ersten Karton zu zweit und trugen ihn in den Versammlungssaal.

***

„Jessica, könntest du bitte deinen Bruder suchen und fragen, ob der Termin übermorgen steht?“, bat mich Walesa.

„Klar, mache ich, bis nachher“, verabschiedete ich mich, während ich aus ihrem Büro ging, und zwar in Richtung Halle, in der Hoffnung, dort meinen Bruder zu finden.

Kurz vor der Halle kam er mir bereits entgegen. „Jessica! Was hat Walesa gewollt? Alles ok?“, fragte er neugierig.

„Ja, alles ist gut“, beruhigte ich ihn. „Walesa will wissen, ob der Termin für übermorgen in Ordnung geht“, berichtete ich.

Er nickte. „Ja!“

„Du klingst nervös“, erkannte ich.

„Nein, nein! Ein Krieger hat keine Angst!“, stammelte er.

„Edwin ...“ Ich legte ihm eine Hand auf seine Schulter. „Ich weiß, du wirst von jedem als Krieger angesehen, aber du bist erst ein Jungkrieger, du darfst Angst haben oder aufgeregt sein. Noch hast du mit deiner Ausbildung als Krieger nicht richtig angefangen. Edwin, mache also nichts, nur weil du denkst, dass du es tun musst“, bat ich ihn. Ich sah ihn an und wurde traurig, wie so oft in den letzten Tagen. Er war kein Kind mehr, trotz seines jungen Alters, und das nahm mich ziemlich mit.

„Ja klar, Jessica, aber höre zu: Ich kämpfe nicht, weil ich denke, dass ich das tun muss, sondern weil ich für mein Zuhause und meine Familie kämpfe.“ Er legte seine Hand auf sein Herz.

Mir kamen die Tränen.

„Hey, nicht weinen, Jessy!“ Er zog mich in seine Arme und hielt mich ganz fest. „Ich habe dich lieb“, murmelte er.

„Ich dich auch, Bruderherz“, schluchzte ich.

„Vertraust du mir?“, fragte er traurig.

„Was ist das denn für eine Frage? Natürlich!“, sagte ich fassungslos.

„Gut, denn im Krieg müssen wir zusammenhalten und das Böse durchschauen. Nachdem wir Jason getötet haben, müssen wir den anderen helfen, indem wir quer übers Schlachtfeld laufen und jeden gestohlenen Elect erstechen, der uns in die Quere kommt!“, erklärte er seinen Plan.

„Edwin!“, rief ich fassungslos.

„Was? Wir müssen sie vernichten!“, schrie er zurück.

„Pst, nicht so laut, das, was du eben gesagt hast, bleibt unter uns, denke auch nicht daran, bis es soweit ist, dann wird niemand was davon erfahren. Glaub mir, so kann man seine Gedanken verschleiern“, erklärte ich ihm leise.

„So machst du das also, deshalb kann ich nie wissen, ob du jemanden liebst, weil du diese Gedanken bewusst verschleierst!“, erkannte er.

„Warum willst du wissen, ob ich jemanden liebe?“, fragte ich verwirrt.

„Weil ... äh ... naja, ach egal ...“, stammelte er.

„Es ist mir gerade auch, ehrlich gesagt, nicht wichtig, aber irgendwann wirst du mir es erklären müssen“, versprach ich.

„Ja ja, ich muss jetzt zu Walesa. Ich muss noch was mit ihr bereden.“

Er wollte gehen, aber ich stellte mich vor ihn. „Was genau?“, fragte ich ernst.

„Geht dich nichts an. Du hast ja auch deine kleinen Geheimnisse. Und jetzt lass mich durch!“, zischte er.

Ich ließ ihn widerwillig gehen. Früher war Edwin ganz anders gewesen, er hatte sich so sehr verändert ... Früher! Das war erst kurze Zeit her. Ich sah Edwin nach. Er ging in schnellen Schritten Richtung Schulgebäude. Was er Walesa wohl sagen wollte? Na ja, ich hatte auch ein paar Geheimnisse vor ihm, warum sollte er mir dann alles sagen müssen? Meine Gedanken schockierten mich. Edwin und ich hatten noch nie Geheimnisse voreinander gehabt.

Ich ging in mein Zimmer, wo Jan auf dem Bett saß und sich mit Oswin, der auf dem Teppich saß, unterhielt. Als ich hereinkam, brach das Gespräch ab, also hatten sie über etwas geredet, das ich nicht hören sollte. Ich warf mich auf mein Bett und drehte mich von Jan und Oswin weg.

„Jessica? Alles ok?", fragte Oswin vorsichtig.

„Ja!", zischte ich. Ich erhielt keine Reaktion mehr, wahrscheinlich waren sie schon gegangen. Ich drehte mich leise um, doch ich hatte mich geirrt. Jan und Oswin hatten sich nicht bewegt, sie schauten mich nur durchdringend an. Als sie sahen, dass ich sie anschaute, wandten sie ihren Blick schnell ab. Ich drehte mich wieder zur Wand um. Ich wusste nicht, warum, aber mir liefen Tränen übers Gesicht. Ich merkte erst, dass ich laut weinte, als ich Jan und Oswin auf meinem Bett spürte und Jan mir vorsichtig die Hand auf die Schulter legte.

„Was ist los?", fragte er leise. Ich schaute zu den beiden hoch. Jan nahm meine Hand und zog mich in seine Arme. Er streichelte mir beruhigend über den Rücken. Ich erwiderte die Umarmung, und kuschelte mich in seine Arme, die mir Trost spendeten. In seinen Armen fühlte ich mich seltsam sicher und geborgen, während meine Tränen sein Hemd durchnässten. Dann schließ ich ein – die ganzen Ereignisse der letzten Tage und Wochen hatten mich echt mitgenommen.

Als ich wieder aufwachte, lag ich auf Jans Schoß. Seine Arme hielten mich immer noch fest. Als er sah, dass ich wach war, lächelte er. „Besser?", fragte er sanft. Ich nickte und setzte mich auf. Oswin war nicht mehr da und draußen war es inzwischen stockdunkel.

„Willst du mir erzählen, was mit dir los war?", fragte er zögernd.

„Ich weiß nicht, was los war", antwortete ich ehrlich.

„Schon gut, aber denke daran, ich bin immer für dich da." Er zog mich wieder in eine Umarmung, weil er wohl Angst hatte, dass ich wieder weinen könnte.

„Wie spät ist es?“, fragte ich.

„Schon 23:03 Uhr, du hast das Abendessen verschlafen. Hattest du überhaupt zu Mittag gegessen? Hast du Hunger?“, fragte er fürsorglich.

„Bist du die ganze Zeit bei mir geblieben?“, wollte ich wissen. Er nickte. „Hast du auch Hunger?“.

„Ja, gehen wir zusammen in die Küche was essen?“, sagte er, während er meine Hand nahm und mich auf die Füße zog.

„Ok“, antwortete ich. Er ließ meine Hand dennoch nicht los. Als wir durch die dunklen Flure der Schule schlichen, bemerkte ich erst, dass sie wunderschön und magisch aussahen. Die Flure und überhaupt die ganze Schule schienen im Dunkeln zu leuchten und zu schimmern, als würde der Mond durchs Fenster strahlen, aber draußen war es bewölkt und man konnte den Mond nicht sehen. Ich ließ dieses besondere Schimmern der Schule immer dann, wenn ich es sah, auf mich einwirken, es war atemberaubend schön.

In der Küche schaltete Jan das Licht ein und der Zauber verschwand sofort. „Was willst du essen?“, fragte er.

„Egal“, sagte ich, während ich mich an den kleinen Tisch setzte.

„Spaghetti?“, fragte er.

„Du kannst kochen?“, gab ich erstaunt zurück.

„Klar!“ Er stemmte die Hände in die Hüften „Das heißt aber nicht, dass ich ein Hausmütterchen bin“, verteidigte er sich.

„Ok, dann Spaghetti, auch wenn ich nicht glauben kann, dass du kochen kannst“, neckte ich ihn.

Jan lächelte spöttisch und machte sich an den Nudeln zu schaffen. Etwa eine Viertelstunde später hatte er einen Topf Pasta und Tomatensoße gezaubert. Es roch tatsächlich gut. Ich nahm das Besteck und probierte. „Wow!“, meinte ich überrascht. „Jan, das sind die köstlichsten Spaghetti, die ich jemals gegessen habe“, sagte ich ehrlich.

„Danke“, äußerte er, dann setzte er sich zu mir und aß ebenfalls eine Portion. Ich genoss den Moment mit ihm, er war ein echter Freund. Immer wieder begegneten sich unsere Blicke, doch keiner von uns sprach ein Wort. Die Stille im Raum war angenehm beruhigend. Nachdem wir gegessen hatten, gingen wir zurück in mein Zimmer. Ich war so müde, dass ich direkt einschlief.

Am nächsten Tag wurde ich von der Schulklingel geweckt. Ich schrak auf und sah mich im Zimmer um. Jan war noch immer da, schlief aber noch. Ich stand auf und rüttelte ihn wach.

„Was ist denn?“, grummelte er verschlafen.

„Heute ist Schule!“, erinnerte ich ihn.

„Nicht für uns ...“ Er setzte sich müde auf. „Walesa war heute Morgen hier. Sie hat gesagt, dass heute nur die unteren Klassen Unterricht haben, ausgenommen die Kinder, die auch am Krieg teilnehmen müssen. Wir sollten ausschlafen und die Klingel einfach überhören“, erklärte er. „Also lege dich wieder schlafen“, fügte er hinzu, bevor er sich wieder umdrehte und weiterschlief.

Ich ging wieder in mein Bett.

„Edwin? Bist du wach?“, fragte ich ihn in Gedanken. Ich bekam keine Antwort, also schlief er wahrscheinlich noch. Ich ging zum Fenster, von hier konnte man perfekt den Weg vom Schulgebäude bis zur Sporthalle überblicken. Überall liefen Schüler umher. Es sah aus wie an jedem anderen Schultag auch. Ich fand es gut, dass Walesa die Schule für die Kleinen nicht ausfallen ließ. Es war wichtig, dass sie sich an die Schule gewöhnten, und vor allem, dass sie nichts von der Schlacht am nächsten Tag erfuhren, zumindest die Kleinsten nicht, der Rest wusste ja davon. Ich ging wieder zu meinem Bett und dachte in Ruhe nach. Die Uhr verriet mir, dass es schon elf Uhr war. „Oswin ist bestimmt auch schon wach“, dachte ich. Ich stand auf und zog mich an. Dann ging ich leise aus dem Zimmer, um Jan nicht zu wecken.

Hier im Flur war es totenstill und es war keine Seele auf dem Flur zu entdecken. Im Aufzug angekommen, fuhr ich einen Stock höher und klingelte an Walesas Tür.

„Jessica!“, sagte Oswin überrascht, als er die Tür öffnete.

„Hab ich dich geweckt?", fragte ich vorsichtig.

„Nö. Geht es dir besser?", fragte er leise.

„Ja", antwortete ich verlegen.

„Die meisten schlafen noch, ich war vor etwa zehn Minuten unten und habe geschaut, ob schon jemand wach ist, aber im 24. Stock schlief jeder noch tief und fest", erklärte er. „Na ja, wir müssen für den Krieg morgen schließlich fit sein. Mom meint, dass wir um zwei Uhr in der Nacht aufbrechen sollten, also in etwa einem halben Tag."

„Ja, ich weiß."

Oswin bat mich herein und wir gingen in sein Zimmer. Das Zimmer eines Sechsjährigen hätte ich mir allerdings anders vorgestellt. Oswin besaß keine Spielsachen, er hatte einen Schrank, ein Bett, einen Schreibtisch und Regale, aber keine Spielsachen. An den Wänden hingen Zeitungsausschnitte der Elect-Zeitung, Fotos und Schwerter, und zwar echte. Die ausgeschnittenen Artikel waren über ihn, seine Mutter oder über mich und meinen Bruder. Ich wusste gar nicht, dass Edwin und ich so oft in der Elect-Zeitung standen. Die ganze Wand war voller Ausschnitte, es war unglaublich. „Seit wann bist du schon wach?", fragte ich ihn.

„Seit sechs Uhr, ich habe mit Mom die Tische gedeckt. Hast du schon gefrühstückt?", wollte er wissen.

„Nein, aber seit wann decken Schulleiterrinnen Frühstückstische für *full-time-Elects*?"

„Nur weil meine Mom Schulleiterin ist, heißt das doch nicht, dass sie keine normalen Sachen macht. Mir deckt sie auch immer den Tisch oder bringt mich ins Bett. Sie ist ja nicht nur Schulleiterin, sondern auch meine Mutter – naja, und die Mutter der *full-time-Elects* ist sie in gewisser Weise ja auch", erklärte er lächelnd.

„Stimmt, manchmal vergesse ich es", gab ich zu.

„Vergessen viele,. Ich bin oft allein, aber wenn Mom dann da ist, bin ich das glücklichste Kind der Welt." Er lächelte traurig.

„Warum besuchst du sie nicht in ihrem Büro?“ Ich sah Oswin verwirrt an.

„Ich darf mich nicht in ihrem Büro aufhalten. Wenn jemand kommt und ein vertrautes Gespräch führen will, darf ich nicht dort sein, und wenn ich in ihrem Büro bin, werde ich wie jeder andere behandelt“, versuchte er mir zu erklären.

„Verstehe“, log ich.

„Aber wozu habe ich schließlich Freunde?“ Er lächelte.

„Genau, wir sind immer für dich da, Oswin, das weißt du.“ Ich legte ihm eine Hand auf seine Schulter.

„Wollen wir nicht was essen gehen?“, fragte er.

„Ja klar, vielleicht sind Edwin oder Jan auch schon wach“, stimmte ich ihm zu. Manche würden denken, wie komisch es doch aussah, dass ich mit einem Sechsjährigen befreundet war, aber für mich war Oswin schon viel älter, außerdem war er mein Patenkind. Wir gingen also zusammen zum Speisesaal der *full-time-Elects*. Wie ich vermutete, bestätigte sich mein Verdacht. Der Saal war voller Elects, die in guter Stimmung frühstückten. Ich wollte erst gar nicht daran denken, dass sie mancher von ihnen mit uns in den Krieg würde ziehen müssen, trotz des jungen Alters. Natürlich fand ich auch meinen Bruder in der Menge.

„Jan sagt, du hättest geweint“, sagte Edwin in Gedanken. „Das tut mir leid.“

„Es war nicht deinetwegen“, versuchte ich ihm zu erklären.

„Hätte ich es ihm nicht erzählen sollen?“, fragte Jan mich mental.

„Quatsch, schon ok. Ich hasse es nur, dass Edwin und ich seit einiger Zeit so viele Geheimnisse voreinander haben. Ich kenne das Gefühl nicht. Wir hatten nie Geheimnisse voreinander und ich bin es leid, welche vor ihm zu haben“, gab ich zu.

„Frühstücken wir erst einmal, den Rest klären wir später, ok?“

Erst jetzt sah ich, dass Jan sich zu Edwin an den Tisch gesetzt hatte. Oswin und ich gingen auf die beiden zu. „Ich hasse das“, meinte Oswin.

„Was?“, fragte ich.

„Dass ihr drei in Gedanken redet und ich nichts mitbekomme!“, rutschte es ihm raus.

„Sorry, manchmal vergesse ich, dass Leute neben mir stehen, wenn ich mit meinem Bruder gedanklich kommuniziere, nichts gegen dich, echt nicht!“ Ich knuffte ihm in die Schulter.

Wir setzten uns zu Jan und Edwin an den Tisch, im selben Moment kamen Elly und Nelly und gesellten sich zu uns. Ich freute mich, meine beste Freundin zu sehen und lächelte sie entschuldigend an, sie erwiderte die Geste. Es war alles so verdammt normal an diesem Tag: Schüler, die gemeinsam aßen und lachten, und im Grunde waren wir in diesem Moment nichts anderes als ganz normale Schüler an einer – nun ja – ganz besonderen Schule. Nicht normal war allerdings, dass wir alle am nächsten Tag in den Krieg ziehen würden und dies vielleicht unser letzter gemeinsamer Tag in fröhlicher Runde war ... Dies alles hier jemandem in der realen Welt zu erklären, nun das war sicherlich schwer ...

Nach dem Essen ging ich unter die Dusche. Ich genoss das Gefühl des warmen Wassers, als Jan an die Badezimmertür klopfte. „Jessica? Ich habe deine Kriegskleidung auf dein Bett gelegt. Walesa meint, wir sollten sie fürs letzte Training tragen“, rief er.

„Ok, danke!“, antwortete ich. Ich machte das Wasser aus und stieg aus der Dusche. Ich schlüpfte in meinen Bademantel, der an der Tür hing, und ging hinaus in mein Zimmer. Jan stand vorm Kleiderschrank und sah mich an. Die Kriegskleidung stand ihm total, er sah aus wie ein erwachsener Krieger. Seine Rüstung, oder wie auch immer ich das nennen sollte, war in einem wunderschön schimmernden Grün gehalten. Über diesem großen Hemd trug er eine Art Kettenhemd. Ich sah zu meinem Bett, dort lag das gleiche Outfit für mich, nur in blau.

„Du und Edwin, ihr trag blaue Rüstungen. Walesa ist der Meinung, dass jeder dieselbe Farbe tragen sollte wie sein Kampfpartner“, erklärte Jan.

„Wie soll ich denn da jemals alleine reinkommen?“, fragte ich, als ich die Sachen hochhob.

„Ist ein bisschen kompliziert, aber ich helfe dir“, versprach er, nahm mir die Sachen ab und sortierte sie ordentlich. „Zuerst das hier.“ Er lächelte verlegen, als er mir den BH reichte. „Schussfest“, sagte er nur.

Na toll ... Ich drehte mich von Jan weg, zog meinen Bademantel aus und dieses komische Ding an. Als ich es anhatte, reichte er mir das nächste Teil. Ich zog mir die Unterhose an und drehte mich zu ihm um. Er konnte sich ein Grinsen nicht verkneifen und half mir, den Rest anzuziehen. „Es sieht nicht bequem aus, aber seltsamerweise ist es bequem“, stellte ich überrascht fest.

„Du siehst wunderschön aus“, sagte Jan, während er mir eine Haarsträhne aus den Gesicht strich. Wir schauten uns lange in die Augen, seine Hände lagen auf meinen Hüften. Ich hätte wissen müssen, was nun geschehen würde, aber ich war zu blind, um es zu sehen. Er beugte seinen Kopf meinem entgegen, dann trafen seine Lippen auf meine. Ich war wie erstarrt. Er liebte mich und ich war zu blind gewesen, es zu bemerken. Wir würden in den Krieg ziehen und ich wollte nicht, dass er meinetwegen nicht klar denken konnte, weil ich ihm eine Abfuhr erteilt hatte. Also öffnete ich widerwillig meine Lippen und erwiderte seinen Kuss. Während er mich küsste, verschloss ich meine Gedanken vor ihm, damit er nichts bemerkte. Ich hatte ein echt schlechtes Gewissen, doch ich ließ mir nichts anmerken. Während des Kusses hielt er seine Augen geschlossen.

„Edwin hilf mir“, bat ich in Gedanken.

Jan atmete schwer, als er seine Lippen von meinen löste. Er hatte meine Gedanken nicht belauscht, das wusste ich. Er setzte zum zweiten Kuss an und wieder trafen unsere Lippen aufeinander.

In diesen Moment kam Edwin herein. Er sah mich erschrocken an, wusste, was ich dachte. „Ähm, sorry, aber ihr sollt euch beeilen. Das Training beginnt gleich“, stammelte er. Da löste Jan sich endlich von mir. „Wow, Jessica, du siehst echt kriegerisch stark aus“, bemerkte Edwin.

„Danke, aber schau dich an, Bruderherz, du siehst verdammt aus wie ein Krieger, und zwar nicht wie ein achtjähriger, sondern mindestens wie ein zehnjähriger“, sagte ich ehrlich.

„Danke.“ Er lächelte verlegen. „Wir müssen reden! Allein! Nachher“, antwortete Edwin in Gedanken.

Ich nickte unauffällig, damit Jan es nicht bemerkte, dann gingen wir drei gemeinsam zur Sporthalle. Der fremde Elect saß immer noch angekettet im Raum, anscheinend sollten wir in seinem Beisein trainieren. Der Anblick aller Elects in der Halle war atemberaubend. Alle hatten die gleichen Rüstungen an wie wir, nur in unterschiedlichen Farben. So groß wie die Halle normalerweise war, jetzt kam sie mir viel zu klein vor, so viele waren hier versammelt, bereit zum Kampf. Ich sah Lucy aus der siebten Klasse und war nicht überrascht, dass auch sie kämpfen würde. Dann kamen Oswin und Elly in mein Blickfeld – ebenso wie Oswins kleine Freundin Nelly.

Erst jetzt fiel mir ein weiteres Mädchen auf, das höchstens so alt wie mein junger Freund war. Ich kannte sie nicht. Ihr hellbraunes Haar war zu einem Pferdeschwanz gebunden und ihre Rüstung war von einem dunklen Grün. Es war nicht dasselbe Grün wie das von Oswin oder Jan, nein, ihr Grün strahlte. Erst da fiel mein Blick auf die Augen der Kleinen. Es war dasselbe Grün wie bei ihrer Rüstung. Solche Augen hatte ich noch nie zuvor gesehen.

„Wer ist dieses Mädchen?“, fragte ich Edwin und Jan.

„Isabella, sie ist sechs Jahre und geht in Oswins Klasse. Ihre Augen sind erst seit einer Woche so intensiv, auch ihre Kräfte hat sie erst seit dieser Zeit“, antwortete mir Edwin.

„Wieso ist sie mir nie aufgefallen, wenn sie schon ein ganzes Jahr bei uns ist?“, fragte ich verwirrt.

„Weiß nicht, vielleicht weil sie vorher wie ein normales Elect-Mädchen aussah? Sie hatte nur ganz enorme Kräfte. Seit ein paar

Tagen aber gehört sie zu uns Außergewöhnliche, deshalb darf sie mit und in den Kampf ziehen. Wir sind jetzt zu neunt mit außergewöhnlichen Kräfte“, erklärte Jan weiter.

„Was kann sie?“, wollte ich sofort wissen.

„Sie kann die Erde beeinflussen, indem sie Blumen wachsen lässt oder gestorbene Pflanzen zum Leben erweckt, aber als Mordwaffe kann sie ihre Erde ebenfalls einsetzen. Sie kann Wurzeln aus der Erde ziehen durch Telekinese. Sie kann ihnen befehlen, jemanden zu erwürgen oder stolpern zu lassen“, erklärte Oswin, der sich nun zu uns gesellt hatte. Das fremde Mädchen stand neben ihm und Nelly.

„Ich bin Isabella“, stellte sich die Kleine nun selbst vor und lächelte verlegen.

„Ich bin Jessica“, antwortete ich.

„Ich weiß, ich kenne dich schon lange. Wer bitte kennt dich nicht? Ich bin nicht neu, ich bin nur neu in der Kriegsgemeinschaft“, erinnerte sie mich. Sie lächelte mir fröhlich zu.

Zu ihr passte das Wort *Blumenmädchen* im wahrsten Sinne des Wortes, wenn man ihre Fähigkeiten bedachte.

„Was ist das Geheimnis deiner Augen?“, fragte ich.

„Ich glaube, das hat was mit meiner Gabe zu tun, aber sicher bin ich mir nicht. Das Geheimnis der Augen von dir und deinem Bruders ist bekannt, aber mein Geheimnis kenne ich noch nicht.“ Sie hörte sich traurig an.

In diesem Moment erklang die Stimme meines Kampflehrers Brian: „Lasst uns mit dem Training beginnen. Jeder stellt sich mit seinem Partner zusammen in die Position, die ihr morgen einnehmen werdet. Das heißt, ich will die Kinder in der Mitte sehen und Jessica und Edwin hier vorne. Die Erwachsenen suchen sich ebenfalls einen Platz. Los!“, schrie er.

Edwin und ich fassten uns an den Händen und gingen nach vorne. Wir wurden von Brian und fünf weiteren Kriegern flankiert. Der Rest teilte sich hinter uns die Plätze ein. Das Training war kein Kämpfen, sondern das Testen der Fähigkeiten im Beisein des gestohlenen Elects. Jetzt verstand ich auch, warum man ihn nicht aus dem Raum entfernt hatte.

Es wurde auch überprüft, ob jeder ein Schwert besaß und jedes Kind einen Partner hatte. Es wurden Strategien besprochen und Tricks, die unsere Feinde oder auch wir anwenden könnten.

Nach drei Stunden war das Training beendet. Als ich aus der Halle trat, atmete ich die angenehm kühle Luft ein. In einer Halle mit so vielen Personen war es echt stickig. Um Mitternacht sollten wir alle vor dem Schulgebäude erscheinen und uns fertig für den Krieg machen. Ich war so müde, dass ich beschloss, noch ein wenig zu schlafen, doch Edwin hielt mich auf. „Wir müssen reden!“, flüsterte er.

Ich seufzte. „Ok, aber nicht hier.“

„Am Brunnen hinter den Kriegerhäusern?“, fragte er.

Wir gingen gemeinsam zu einem Brunnen hinter dem Elect-Dorf. „Ich will nicht, dass du morgen nicht gut kämpfen kannst, nur weil du Schuldgefühle hast!“, meinte er ernst.

„Ja, ich weiß, aber glaub mir, ich kann mich konzentrieren, auch mit Schuldgefühlen“, erklärte ich ihm.

„Du liebst ihn nicht!“ Edwins Stimme hallte durch die Luft.

„Nein, aber er ist mein bester Freund und ich will ihn nicht verlieren, nur weil ich ihm eine Abfuhr erteile!“, sagte ich frustriert. „Wenn ich ihm heute noch die Wahrheit sage, kann er morgen, wenn es um sein Leben geht, nicht klar denken!“

„Was willst du tun? Willst du mich immer per Gedanken holen, wenn er dich küsst, damit ich euch ganz versehentlich störe?“, fragte er spöttisch.

„Ich will ihm doch nicht immer was vormachen! Himmel, ich werde es ihm nach den Krieg sagen! Wenn wir diesen Krieg überleben!“, brüllte ich nun fast.

„Er wird dann, verdammt noch mal, ziemlich sauer sein, vor allem wenn er herausfindet, dass du Rick liebst!“, schrie mein Bruder zurück.

„Woher weißt du, dass ich Rick liebe?“, hakte ich nach.

„Erstens, ich kenne dich besser als jeder andere, zweitens, kenne ich deine Gedanken, und drittens, bin ich nicht blind. Du weißt, dass ich Leute schon immer gut durchschauen konnte“, gab er zurück.

„Die Angelegenheit kläre ich mit Jan selbst, und zwar nach dem Krieg, wenn ich ihn überlebe“, gab ich meinem Bruder zu verstehen.

„Ok, aber ich will, dass du beim Krieg nicht an Jan und diese Angelegenheit denkst, klar? Ich bin zwar nur dein kleiner Bruder, aber ich brauche dich, und zwar lebend“, gab er zu.

„Klar. Es ist manchmal echt traurig, dass du kein normales Kind sein kannst ...“, sagte ich und sprach damit aus, was ich ihm immer schon einmal sagen wollte.

„Es macht dir Angst, oder?“, fragte er.

„Ja, du scheinst von deiner Größe ein Kind zu sein, aber von deiner Entwicklung bis du längst ein junger Erwachsener. Es ist klar, dass Elects sprachlich immer weiter sind als Menschen in ihrem Alter, aber es macht mir trotzdem Angst“, erklärte ich.

„Ich verstehe dich“, sagte er wieder, als wäre er bereits erwachsen. „Und genau das ist es, was auch mir Angst bereitet.“

Wir gingen gemeinsam zurück zum Schulgebäude und fuhren in den 24. Stock, wo wir momentan wohnten. Ich ging in mein Zimmer. Aus dem Bad hörte ich das Rauschen der Dusche, was hieß, dass Jan dort war. Er duschte gerne in meinem Zimmer, da er dort mehr Ruhe hatte als in seinem. Ich hatte also Zeit für mich. Ich zog meine Kriegskleider aus, was ohne Hilfe gar nicht so einfach war, schlüpfte in meinen gemütlichen Schlafanzug und kuschelte mich in meine Bettdecke ein. Als Jan aus dem Bad kam, tat ich, als würde ich schon schlafen. Klar es war ungewöhnlich, um diese Zeit zu schlafen, aber ich würde in einen Krieg ziehen. Die meisten, die mit in die Schlacht zogen, schliefen jetzt eine Runde. Bevor ich noch weiter an den Krieg denken konnte, war ich tatsächlich schon eingeschlafen.

Das Erste, was ich spürte, als ich langsam wieder zu mir kam, war eine sanfte Berührung an meiner Wange. Ich hatte keine Lust auf eine Kussgeschichte mit Jan und hielt meine Augen geschlossen.

„Jetzt wach schon auf, Jessy! Jan ist im Bad und macht sich für den Krieg fertig. Du solltest dich auch langsam anziehen. Wir haben es bereits halb zwölf." Das war die Stimme meines Bruders.

Ich öffnete die Augen und sah Elly und meinem Bruder ins Gesicht. „Da ich dachte, dass du weder Lust hast, dir von mir oder Jan beim Anziehen helfen zu lassen, hilft Elly dir. Ich werde mich in der Zeit selbst in meinem Zimmer anziehen, wir sehen uns gleich."

Kaum hatte er das gesagt, war er auch schon weg. Ich stand auf. Hatte ich wirklich so lange geschlafen? Elly half mir beim Anziehen und wir waren gerade fertig, als Jan kam.

„Hey ihr zwei, na, fertig für den Krieg?" Er ging auf mich zu und gab mir einen flüchtigen Kuss, den ich widerwillig über mich ergehen ließ.

Ich nahm mein Schwert und steckte es in die Scheide, die an meinem Gürtel befestigt war. „Ja wir sind fertig ...", sagte ich ruhig.

# Die Schlacht beginnt

Draußen waren schon viele Elects versammelt. Die Luft war angenehm kühl und es wehte ein leichter Wind. Es waren einige Kinder, die heute in den Krieg ziehen würden, allein schon die Jahrgänge acht bis vierzehn waren alle zum Kampf versammelt. Es würden in dieser Nacht einige von ihnen sterben. Wer konnte schon sagen, wer alles, vielleicht Edwin oder Oswin ... Ich schüttelte die Gedanken von mir ab, ich musste gerade heute einen klaren Kopf behalten.

Walesa war gerade in eine Unterhaltung mit ihrem Sohn vertieft. Ich sah, dass Oswin gebannt zuhörte und schließlich sauer wurde. Edwin, Elly und ich gingen zu den beiden. „Mom, ich werde kämpfen! Ich will die anderen nicht befreien müssen. Kann das denn niemand anderes machen?“, bat er Walesa.

„Nelly und Charles werden die Gefangenen suchen und sie befreien. Bei den beiden haben vier weitere Krieger an ihrer Seite, dort könnten sie dich sicher gut gebrauchen, Schatz“, versuchte die Schulleiterin, ihren Sohn zu überreden, doch er blieb stur.

„Ich kann Nelly und Charles helfen. Ich bin eigentlich ziemlich gut im Kämpfen“, mischte sich Jaden ein, der zu der kleinen Gruppe getreten war.

„Ein guter Vorschlag, Jaden. Geh zu Nelly, sie wird dir den Plan abseits des Schlachtfeldes erklären“, sagte Walesa zu ihm. Er nickte und drängelte sich durch die Menge. „Seid ihr bereit?“, fragte die Schulleiterin und sah jedem von uns kurz in die Augen.

„Ja“ und „Sicher doch“ kam es von allen Seiten.

„Gut, dann erkläre ich noch einmal den Ablauf und dann geht es los.“ Sie warnte uns erneut vor gegnerischen Tricks und wiederholte, wie man mit seinem Partner zu arbeiten hatte.

„Stellt euch in eure Position!“, befahl Walesas kräftige Stimme nur kurze Zeit später, nachdem wir alle noch einige Fragen gestellt hatten. Wir gingen auf unsere Plätze. Ich sah hinter mir Joke und Fixa stehen und dahinter Alessa mit Isabella. Neben mir standen ebenfalls einige Krieger. Hinten in der Mitte sah ich Walesa mit ihrem Mann. Die Schulleiterin schrie den Befehl, dass wir uns die Hände geben sollten. Das taten wir und ich hielt Edwin Hand ganz fest. Dann teleportierten wir alle zu dieser Stellung an einem Ort, der mir irgendwie vertraut war.

Das Feld, auf dem die Schlacht der Elects verabredet war, war riesig und wir waren nicht allein. Die gestohlenen Elects standen uns in etwa 100 Metern Entfernung gegenüber und es waren ziemlich viele. Ich hörte ein Lachen.

Ein älterer Junge aus ihren Reihen trat einen Schritt vor. „Jessica und Edwin! Wie schön euch hier zu sehen!“ Er schaute uns an.

Ich erstarrte. Das musste Jason sein.

„Unglaublich, Edwin, dass du dich getraut hast, hier ein zweites Mal aufzukreuzen, aber entschuldige, ich sollte mich wohl erst mal vorstellen“, rief Jason. „Mein Name ist Jason Willington. Ich bin der Bruder von Jessica und Edwin und heute kann ich endlich das tun, was ich schon mein ganzes Leben lang tun wollte! Ich kann mich für mein Schicksal an meiner Familie rächen. Endlich! Angriff!“, brüllte er. Jeder reagierte sofort, als sie auf uns zurannten, setzten wir uns ebenfalls in Bewegung.

„Viel Glück!“, schrie ich in Gedanken.

„Dir auch!“, kam es von Jan und Edwin zurück.

Ich sammelte den Wind um mich. Mein kleiner Bruder tat es mir gleich. Als wir auf die ersten feindlichen Elects trafen, schickten wir den Wind in die Menge, doch vor den meisten löste sich der Wind einfach auf. Ich ergriff schnell mein Schwert und wehrte ein paar Schläge ab. Ich schoss Eiszapfen auf meinen Gegner ab. Einer traf genau sein Auge und durchbohrte es. Er taumelte und ich setzte zum tödlichen Schlag an. Schreie und Gekreische gingen durch die Menge. Als mein Gegner tot am Boden lag, kam von hinten schon der nächste Schlag. Edwin eilte zu mir. Wir standen Rücken an Rücken und parierten Schläge. Edwin sammelte Wasser, während ich weitere Schwerthiebe abwehrte. Die Welle ließ viele zu Boden stolpern. Ich handelte schnell und rannte durch die Menge nach vorne. Während des Laufens erstach ich gestohlene Elects.

„Wir müssen Jason finden!“, schrie Edwin.

Wir kämpften Stunde und Stunde und ich parierte heftige Schläge. Vor mir sah ich Oswin, der gegen einen jungen, gestohlenen Elect kämpfte. Von Jan war keine Spur zu sehen. Ich schaute mich kurz um, aber dieser Augenblick genügte: Einer unserer Gegner war von hinten auf mich zugekommen! Ich wurde zu Boden gestoßen, und als ich aufblickte, sah ich Edwin, der gegen meinen Angreifer kämpfte. In diesem Moment umfassten mich von hinten zwei Arme und hielten mir ein Schwert an den Hals. Mein kleiner Bruder bemerkte es, wandte sich geschickt aus seinem Kampf und rannte auf mich zu, das Schwert erhoben. Er flog über mich und stach seine Klinge in den Kopf desjenigen, der mich töten wollte. Es war Jason, unser Bruder. Er ging zu Boden und war sofort tot.

„Der Plan!“, schrie Edwin mir in Gedanken zu. Ich nickte, rappelte mich auf und rannte an Edwins Seite quer durch die Menge. Gleichzeitig erhoben wir uns in die Luft und sammelten Wasser und Wind um uns herum. Unten sah ich Oswin. Sein Gegner hatte das Schwert zum tödlichen Schlag erhoben. Ich schickte einen Tornado auf ihn. Der Angreifer wurde zu Boden gerissen und Oswin nutzte die Zeit und stach ihm mitten ins Herz. Ich sah Lucy rechts von ihm kämpfen. Plötzlich kam von hinten ein Angreifer auf sie zu und trennte ihr den Kopf ab. Geschockt schrie ich auf und schickte Blitze auf den gestohlenen Elect. Edwin und ich landeten auf dem Boden, liefen durch die Menge und schossen unsere Kräfte auf die Gegner ab, die uns in die Quere kamen. Ein Schwert traf mich an der Hüfte, doch ich ignorierte den Schmerz. Ich fuhr herum und verwickelte meinen

Angreifer in einen Zweikampf. Plötzlich ertönte laute Schreie um uns herum, dann sahen wir sie: die black whispers. Diese Wesen waren schwarz wie die Nacht. Sie flogen mit jeweils einem Reiter über uns. Diese Reiter waren Bogenschützen, die ihre Pfeile auf uns abschossen. Zuerst wichen wir ihnen aus, doch dann kamen noch mehr von den black whispers, diesmal aber in der Menge auf dem Boden. Ihre Reiter waren Kinder unterschiedlichen Alters. Die Wesen schnappten nach ihren Gegnern, den guten Elects, und rissen sie zu Boden, während der Reiter die Gefallenen erstach.

Diesmal rannten Edwin und ich in die andere Richtung und schossen erneut Blitze auf unsere Gegner. Wie sollten wir nur jemals gewinnen? Gerade sah ich Isabella, das Blumenmädchen, die mit der Hand auf die Erde schlug, welche sich öffnete – ein großer Spalt entstand, groß genug, dass manche hineinfielen. Ich stieß meinen Gegner, mit dem ich gerade kämpfte, ebenfalls in die Schlucht. Von hinten kam ein Junge auf mich zugestürmt, ich drehte mich blitzschnell um, doch es war zu spät! Ich sah den Tod bereits vor Augen, da tauchte direkt vor mir Adrian, der gestohlene Elect, den wir gefangengehalten hatte, auf und erstach meinen Angreifer.

„Adrian, was ...“, fing ich an, doch da musste ich auch schon weitere Schläge parieren. Adrian war auf unserer Seite, er schützte mich von hinten! Wie er sich allerdings aus seinen Ketten befreit hatte, konnte ich mir wirklich nicht erklären. Auf einmal kam ein black whisper auf mich zu. Ich erhob mich schnell in die Luft und schickte einen Tornado auf ihn los. Das Wesen wurde in die Schlucht geschleudert, doch der Reiter sprang blitzschnell ab und rammte sein Schwert in einen unserer Krieger. Edwin kam von der Seite auf den Reiter zu gerannt und trennte ihm den Kopf ab. Igitt! Als über mir das Kreischen der black whispers erklang, landete ich schnell auf den Boden und erstach einen Jungen. Ich rannte von der Schlucht weg und merkte, dass mein kleiner Bruder mir folgte. Wir erhoben uns erneut in die Luft, denn Isabella schlug wieder auf den Boden und eine zweite Schlucht tauchte auf. Sie schrie irgendwas und dann kamen Wurzeln aus der Erde, die die gestohlene Elects stolpern ließen oder sie erwürgten. Mein Bruder und ich landeten und halfen ihr, gegen ihre Gegner zu kämpfen. Links von mir konnte ich Alessa in der Luft erkennen, die die Wurzeln in Brand setze.

Plötzlich bekam ich Wassertropfen ab, die so heiß wie kochendes Wasser waren. Ich schaute nach oben und sah, wie ein Reiter eines black whispers seltsame Tropfenpfeile auf uns abschoss. Dort, wo die Tropfen meine Haut berührten, bildeten sich Blasen. Schnell schuf ich mit Edwin zusammen ein Wasserschild, so konnten wir auch Isabella Schutz gewähren. Es donnerte und Jan kam in mein Sichtfeld. Er ließ einen Blitz auf den black whisper los und dieser fiel zu Boden. Ich merkte, wie gleichzeitig sechs Schwerter auf das Wesen einstachen, und schaute in die Gesichter meiner Freunde. Isabella, Edwin, Oswin, Alessa und Elly nickten mir kurz zu, bevor wir uns wieder der Schlacht widmeten.

***

Jaden, Nelly Charles und vier Krieger hatten sich erfolgreich von der Schlacht weggeschlichen und waren unterwegs zu den Gefangenen, um diese zu befreien.

„Wo müssen wir jetzt lang?“, wisperte Nelly.

„Ich glaube nach rechts“, flüsterte Jaden zurück. Sie wollten gerade um die Ecke gehen, als sieben gestohlene Elects erschienen. Schnell drückten sich die Freunde gegen die Wand, um von ihren Feinden nicht entdeckt zu werden.

„Warum kämpfen die da draußen?“, fragte ein kleiner Junge, der höchstens erst fünf war.

„Sie besiegen unsere Feinde, damit wir hier ungestört weiterleben können“, erklärte ein älteres Mädchen, das so um die zwölf Jahre alt war.

„Ich sehe hinter der Ecke Elects“, meinte ein kleines Mädchen.

„Elisa, hole Verstärkung! Eindringlinge!", schrie das ältere Mädchen.

„Rennt weg, schnell!", mahnte einer der Krieger Nelly, Jaden und Charles. Sie liefen davon, doch ihre Gegner hatten sie bereits erblickt. Überall wurden Türen aufgerissen und weitere gestohlene Elects nahmen die Verfolgung auf.

Jaden riskierte einen kurzen Blick nach hinten, zwei der vier Krieger, die sie beschützen sollten, waren in einen Kampf verwickelt. Der Junge sah gerade noch, wie der eine zu Boden ging, als Nelly ihn weiterriss.

„Ich kann meine Fähigkeiten nicht einsetzen!", schrie Jaden entsetzt.

„Komm weiter!", rief Charles. Plötzlich kamen von vorne ebenfalls gestohlene Elects angerannt. Wir waren umzingelt!

„Jaden Singers! Wie schön, dich mal persönlich kennenzulernen. In letzter Zeit haben wir viel Besuch von Berühmtheiten: erst Rick und Edwin, dann Jessica mit Jan und jetzt noch du, ach so, und Oswin ist ja auch gerade draußen im Kampf", sagte ein Mädchen und lachte.

„Wer bist du?", fragte Jaden mit zitternder Stimme.

„Unbekannt, mein Name wird dir nichts sagen, aber ich heiße Marie, und ich wette, du bist hier, um deine kleine Schwester zu retten." Marie lachte wieder.

„Was habt ihr mit ihr gemacht?", schrie Jaden, Nelly nahm seinen Arm, damit er nichts Dummes machen konnte.

„Noch nichts, sie war hauptsächlich ein Köder, damit du hierher kommst!", mischte sich ein älterer Junge ein.

„Ich werde dich zu ihr bringen, Jaden, in den Kerker, wo auch euer Oberkrieger Rick ist, falls ihr ihn schon vermisst habt", sagte das Mädchen spöttisch. Es lösten sich Elects aus der Gruppe und hielten ihnen Schwerter an den Hals, sodass sie sich nicht wehren konnten. So gesichert wurden sie abgeführt.

„Wind, schicke eine Nachricht an Jessica, wenn sie noch lebt. Sag, dass wir gescheitert sind, und dass es mir leidtut", dachte

Jaden, während er den gerufenen Wind fortschickte, damit dieser Jessica erreichen konnte.

Sie gingen ein Stück, bis sie zu einer verschlossenen Tür kamen, diese wurde aufgerissen und die kleine Gruppe hineingeschubst. Mit einem lauten Knall schloss sich die Tür und sie waren allein, abgesehen von den Gefangenen, die schon drin waren.

„Jaden? Nelly?“ Rick kam auf sie zu.

„Rick!“ Nelly fiel ihm um den Hals.

„Alina!“, schrie Jaden und umarmte ein abgemagertes, schwach aussehendes Mädchen, das wohl seine Schwester war. Auch der sonst so starke Krieger wirkte angeschlagen und krank.

„Läuft dort draußen etwa schon der Krieg?“, fragte Rick mit schwacher Stimme.

Jaden nickte. „Ja, wir sollten euch befreien, doch wir konnten nicht wissen, dass hier noch so viele gestohlene Elects sind, die nicht am Krieg teilnehmen“, antwortete einer der verbliebenen zwei Kriegern, der ebenfalls inhaftiert worden war.

„Lebt Edwin noch?“, erkundigte sich Rick.

„Ja, er konnte vor einer Woche fliehen“, berichtete Charles.

„Ich bin erst eine Woche hier? Es ist so dunkel, dass ich nie weiß, wann ein Tag rum ist. Bestimmt werde ich die Sonne nie mehr sehen“, meinte der 18-jährige Jungkrieger traurig.

„Wir wahrscheinlich auch nicht“, stimmte Nelly ihn zu. Sie setzten sich alle auf den Boden und erzählten von der Schlacht oder der Gefangenschaft der vergangenen Woche.

***

Isabella befahl der Erde sich aufzutun, als ein kleiner Windstoß sie erreichte. Es war eine Nachricht von Jaden an alle neun auserwählten Elects. „Sie haben es nicht geschafft ...“, flüsterte sie kaum hörbar. Isabellas Augen leuchteten in diesem Moment noch grüner als sonst. Sie war sauer, aber nicht auf Jaden oder einen der anderen, sondern auf die gestohlenen Elects. „Meine

Wurzeln, erwürgt meine Angreifer und gebt mir Deckung“, flüsterte sie leise. Aus der Erde schossen Wurzeln hervor und erwürgten ein paar gestohlene Elects.

Das Mädchen rannte quer durch sie Menge. Ihre Fähigkeiten funktionierten zum Glück auch im Beisein der gestohlenen Elects, und zwar alle ihre Fähigkeiten. Sie machte sich unsichtbar und flog über die Schlucht, auf ihr Schwert legte sie ebenfalls einen Unsichtbarkeitszauber. Sie flog wenige Zentimeter über den Kämpfenden und erstach diejenigen, die ihr im Weg waren. Ihre Freunde waren überrascht, weil ihre Gegner tot umfielen, ohne dass sie etwas machten. Die Wurzeln schützen Isabella vor Schwertern, denn auch wenn sie unsichtbar war, war sie trotzdem nicht unverwundbar.

Plötzlich kam von hinten ein black wisper und erwischte sie am Bein. Schmerz durchfuhr sie und sie konnte ihre Fähigkeiten nicht mehr aufrecht halten, sodass sie auf den Boden knallte und wieder für alle sichtbar wurde. Ihr Schwert flog ihr aus den Händen. Sie blieb am Boden liegen. Von hinten kam eine Klinge auf sie zu.

***

Wir sahen alle, wie es passierte. Isabella wurde unsichtbar und Gegner fielen tot um. Und wir sahen, wie Isabella wieder sichtbar wurde und auf dem Boden landete. Wir mussten hilflos mit ansehen, wie sich das Schwert durch ihren Hals bohrte. Ich glaubte, Knochen knacken zu hören. Diesmal erklangen mehrere schrille Schreie. Ich sah, wie mein Bruder, der gerade in einen Kampf verwickelt war, die Fassung verlor. Tränen liefen ihm übers Gesicht. Ich war gerade selbst in einem Kampf und konnte ihm nicht helfen.

„Jan!!!“, schrie ich in Gedanken. „Hilf Edwin, sonst geht es nicht gut für ihn aus.“

„Ja klar! Ich sehe ihn, ich werde ihm helfen!“, antwortete mein

Freund in Gedanken und schon rannte er auf Edwin zu und half ihm im Kampf gegen seinen Gegner.

„Danke!“, dachte ich, als ich wieder einen Schlag parieren musste.

„Jessica! Wie sollen wir jemals gewinnen? Sie stechen einen nach dem anderen ab! Ich kann nicht mehr!“, rief Edwin mir in Gedanken zu.

„Halte durch, wir müssen in die Höhle, die Herrin unserer Feinde finden. Ich glaube nämlich, dass alle gestohlenen Elects, wenn sie tot wäre, das spüren würden! Vielleicht können wir, wenn wir sie töten, dieses unsinnige Morden beenden“, erklärte ich in Gedanken.

Von vorne kam Edwin auf mich zu gerannt und erstach meinen Gegner. „Ok, komm, wir müssen uns beeilen!“ Er nahm meine Hand und wir rannten übers Feld, töteten im Vorbeigehen weitere gestohlene Elects und flogen über die Schlucht, wir hüllten uns in einen Tornado ein, um schneller zum Höhleneingang zu kommen.

Wir hatten das Schlachtfeld hinter uns gelassen und erreichten wenige Minuten später den Eingang der Höhle.

„Jessica!“, schluchzte Edwin, als wir landeten.

„Konzentrier dich“, bat ich ihn und wir betraten die Höhle. „Nur in Gedanken reden, alles andere ist hier zu gefährlich, ok? Wo finden wir Apoldas Thronsaal oder wie auch immer der Saal heißt?“, fragte ich in Gedanken, während wir durch die Höhle schlichen.

„Ich kenne den Weg, aber lass uns erst Rick und Jaden befreien, sie könnten uns helfen, Apolda zu vernichten!“, schlug mein Bruder vor.

„Ok, hast recht, führ mich zum Kerker.“ Mit gezogenen Schwertern, schlichen wir nah beieinander durch die langen Flure der Höhle. Je länger wir gingen, umso dunkler wurde es. Wenige Minuten später kamen wir an eine große Metalltür.

„Das ist er, der Kerker“, erklärte Edwin.

„Halte dich an der Wand, davor stehen Krieger, wir rennen gleich auf sie zu und versuchen sie zu töten, ok?“ Ich schaute meinem Bruder in die Augen.

„Klar, hab es kapiert“, antwortete er. Wir zählten gleichzeitig bis drei und rannten dann auf unsere Gegner zu. Sie waren völlig überrumpelt – und somit war es ein Kinderspiel für uns, sie umzubringen. Ich nahm den Schlüsselbund eines Toten und versuchte den ersten Schlüssel an der Tür. Es folgten der zweite, der dritte und so weiter.

„Beeil dich, Jessy“, flüsterte Edwin ungeduldig.

„Ich hab's!“, rief ich und drückte die Tür auf.

„Rick? Jaden?“, fragte mein Bruder.

„Edwin?“, fragte Ricks Stimme. Im Kerker war es ziemlich dunkel, sodass man fast nichts sehen konnte.

„Rick!“, schrie ich und rannte in den Kerker, um Rick um den Hals zu fallen.

„Jessica! Oh mein Gott, du lebst! Und Edwin!“ Rick erwiderte meine Umarmung.

„Jessica?“, fragte Monis Stimme hoffnungsvoll.

„Moni! Oh Gott, es tut mir so leid!“ Ich fiel ihr ebenfalls um den Hals.

„Wir müssen verschwinden!“, erinnerte uns Edwin. Jaden, ein kleines Mädchen und zwei unserer Krieger kamen ebenfalls in mein Sichtfeld genau wie Nelly und Charles.

„Jaden! Du musst Moni und deine Schwester in Sicherheit bringen! Du musst die Grenze erreichen, um teleportieren zu können!“, wies ich ihn an.

„Aber ich muss euch helfen!“, erwiderte er. „Wir werden eure sterblichen Freunde in der Schule in Sicherheit bringen. Wir wissen, wo sich die Grenze befindet. Wir schwören euch unseren Eid, dass wir sie beschützen werden“, bot sich einer der Krieger an. Der andere nickte.

„Danke!“ Jaden fiel ihnen um den Hals, ehe er zu seiner Schwester ging und ihr in die Augen sah. „Geh mit den beiden.

Wir werden uns wiedersehen, versprochen.“ Er küsste sie und übergab das Mädchen den Kriegern.

„Wir sehen uns, Moni“, rief auch ich ihnen hinterher.

Als die Krieger weg waren, machten wir uns auf den Weg zum Thronsaal.

„Das Licht tut in den Augen weh ... ich habe seit mehr als einer Woche kein Licht mehr gesehen“, erklärte Rick.

„Edwin, Jaden, ruft eure Kräfte zusammen und stärkt Rick, damit er kämpfen kann“, bat ich die beiden Jungs. Ich stellte mich vor den geschwächten Krieger und bat ihn, die Augen zu schließen. Jaden und Edwin stellten sich hinter Rick und legten ihm jeweils eine Hand auf die Schulter. Ich nahm seine Hände und küsste ihn. Er hielt seine Augen geschlossen und erwiderte den Kuss, während Jaden und Edwins Kräfte durch Ricks Geist flossen, und auch ich teilte meine wichtigste Kraft mit ihm: Liebe. „Besser?“, fragte ich, als wir uns voneinander lösten.

Er öffnete die Augen und sah mich strahlend an. „Mir könnte es nicht besser gehen!“ Glücklich lächelte er mich an. Kurz sah er zu meinem Bruder, der ihm aufmunternd zuzwinkerte.

„Jessica“, rief Nelly, „wir brauchen Waffen, die gestohlenen Elects haben uns unsere abgenommen und wir können nicht unbewaffnet gegen Apolda kämpfen.“

„Mist, stimmt. Bleibt ihr hier. Rick und ich gehen zurück und holen die Schwerter der Krieger, die wir getötet haben“, sagte ich.

„Ok, aber beeilt euch“, flehte Edwin.

„Klar“, antwortete ich, als ich mit Rick Hand in Hand zurückrannte.

„Sind im Krieg schon welche gestorben?“, fragte der Krieger ängstlich.

Ich nickte traurig. „Lucy ist tot, ein paar Krieger, glaub ich auch, und ein kleines Mädchen namens Isabella. Sie war erst sieben“, berichtete ich ihm.

„Isabella? Der Name sagt mir gar nichts, warum ist sie mit im Krieg?“, fragte er.

„Sie war seit einer Woche ein neunter Sonderfall. Sie konnte alles, was mit der Erde zu tun hatte, beeinflussen. Sie war außerdem die Einzige, die alle Elect-Fähigkeiten auch im Beisein der gestohlenen Elects benutzen konnte. Ihre Augen waren schimmernd grün, sie waren genauso außergewöhnlich wie meine und die von meinem Bruder“, erzählte ich ihm. Inzwischen waren wir vor dem Kerker angekommen. Wir nahmen die Schwerter der toten Krieger aus ihren Gürteln. Es waren nur zwei, aber besser als gar nichts.

Dann gingen wir zu den anderen zurück. Ich gab das eine Schwert Jaden, das andere behielt Rick, Nelly und Charles bekamen mein und Edwins Schwert. Edwin und ich hatten unsere Fähigkeiten zur Verteidigung.

Mein Bruder führte uns weiter, bis wir endlich vor Apoldas Thronsaal angekommen waren.

„Seid ihr bereit?“, fragte ich und sah Nelly, Charles, Rick und meinem Bruder jeweils kurz in die Augen. Sie nickten mir zu. „Dann mal los ...“ Ich stieß die große Tür auf und betrat den Saal. Auf einem Thron saß eine Frau – Apolda, die Herrin der feindlichen Elects.

„Ah, Jessica Willington, ich habe mich schon gefragt, wann du hier aufkreuzen würdest, nachdem du und dein Bruder das Kriegsfeld verlassen habt.“ Apolda sah ziemlich mächtig aus und ihr weiß-silbernes Haar machte sie kein bisschen alt. „Schön dich wiederzusehen, Edwin.“ Ihr Blick wanderte zu meinem Bruder, der erzitterte.

„Diesmal werde ich mich nicht zersägen lassen!“, schrie Edwin.

„Immer noch so verdammt unhöflich, tzz.“

„Sie sind auch nicht gerade freundlich zu uns!“, fauchte Nelly sie an.

„Ach, die Waisenkinder Nelly und Charles, meine Kinder haben erzählt, dass sie euch gefangen genommen haben. Und Jaden, ich bin sehr erfreut, auch dich endlich persönlich kennenzulernen“, meinte Apolda gespielt freundlich.

„Oh, glauben Sie mir, Sie werden mich noch kennenlernen!", zischte Jaden.

„Scheint, als würde Walesa euch keine Disziplin oder Höflichkeit beibringen, ihr seid alle so verdammt unfreundlich", hallte Apoldas Stimme durch den Saal.

„Ach, halten Sie die Klappe! Sie Möchtegern-Herrin!", schleuderte Rick ihr entgegen.

„Rick Falles ... Du bist ein Mann, hörst dich aber an wie ein Kind. Zähme deine Wut, aus dir wird nie ein ordentlicher Krieger", sagte Apolda lachend.

Rick zog sein Schwert. „Das werden wir ja sehen, ob ich ein richtiger Krieger bin!" Auch Nelly, Jaden und Charles zogen ihre Schwerter und mein Bruder und ich sammelten unsere Kräfte um uns herum.

„Ihr Willingtons seid wahrhaftig gute Kämpfer. Ich habe euch im Krieg beobachtet, so klein und jung und keine Hemmungen, Leute umzubringen, starke Leistung, sogar für einen Elect." Der Blick der Frau wanderte zu einem Bildschirm an der Wand, der mir erst jetzt auffiel. Auf dem Display konnte man den Kampf aus verschiedenen Blickwinkeln beobachten. Ich sah Jan, der gerade gegen zwei Gegner gleichzeitig kämpfte. Mir zog es das Herz zusammen. Ich hatte ihm etwas vorgespielt, aber nicht erzählt, dass ich nicht mehr auf dem Feld war. Er würde bestimmt nie wieder mit mir reden wollen. Mein Bruder legte mir seine Hand auf den Arm. Er wusste, was ich dachte, schließlich konnte er meine Gedanken lesen. „Ihr habt gut gekämpft, bis dieses Mädchen starb. Isabella, sie hatte großartige Fähigkeiten, merkwürdig dass ich sie nicht kannte. Sie konnte alle ihre Fähigkeiten anwenden, sie war anders wie ihr." Apolda lächelte. Ich schaute traurig weg, als unsere Gegnerin auf dem Bildschirm die Szene von Isabellas Tod abspielte und dabei den Ton anschaltete. Ich hörte das Kreischen meiner Freunde und ich hörte Edwin weinen. Warum tat sie das? Ich kannte diese Szene, ich wollte sie nicht noch einmal sehen ... oder hören.

Ich hörte, wie Nelly hinter mir anfing zu weinen. „Sie war erst seit einer Woche ein *full-time-Elect*, sie hatte keine Eltern mehr“, flüsterte Nelly unter Tränen, sie hatte sich in den wenigen Tagen mit Isabell angefreundet. Charles streichelte ihr tröstend die Hand. Nelly und Charles waren fast wie Geschwister, er behandelte sie wie eine kleine Schwester und er liebte sie auch wie eine solche. Charles war zehn Jahre alt und genau wie Nelly ein Waisenkind.

„Hören Sie auf!“, schrie Jaden.

„Du hast recht, es wird Zeit, dass ihr euch von diesem Luxus verabschiedet, hier den Krieg beobachten zu können. Krieger!“, schrie Apolda. „Dachtet ihr etwa, ich bin alleine hier, wenn draußen der Krieg läuft?“ Sie lachte.

Aus allen Ecken kamen nun Krieger angelaufen. Insgesamt waren es etwa sechs jugendliche Kämpfer. Ich bemerkte auch das Dutzend fünf- und sechsjähriger Kinder, die sich hinter Apoldas Thron aufgestellt hatten. Die Krieger kamen direkt auf uns zu. Jaden, Nelly, Charles und Rick stellten sich um mich und Edwin, die Waffen erhoben. Edwin und ich sammelten unsere Kräfte. Als die ersten beiden Angreifer nahe genug waren, schleuderten mein Bruder und ich kleine Blitze auf sie, die sie jedoch problemlos abwehrten. Jaden übernahm einen und Rick einen anderen Kämpfer. Rick parierte perfekt die Schläge seines Gegners. Er schlug selbst ein paarmal zu, aber sein Gegenüber war genau so gut. Ich schickte einen Tornado, Edwin Blitze und Jaden Feuer auf Ricks Angreifer los, alles in kurzen Abständen. Der feindliche Krieger ging zu Boden und Rick stieß mit dem Schwert zu. Auch Nelly und Charles waren in Kämpfe verwickelt. Jaden hatte nun mit seinem eigenen Gegner zu tun und Rick kämpfte gegen zwei gleichzeitig. Edwin schoss Blitze auf Jadens Gegner ab. In der Zwischenzeit ließ ich Feuerfeile auf Nellys Gegner los, der zu Boden ging. Nelly zögerte nicht und erhob ihr Schwert zum tödlichen Schlag. Jadens Gegner lag ebenfalls schon tot auf dem Boden. Jaden eilte zu Rick und Nelly zu Charles. Ich bemerkte, wie die Luft um mich kühler wurde und schaute kurz zu Edwin. Er sammelte Wasser und ließ es gefrieren, ehe er den riesigen Eisfels auf Apolda schleuderte. Diese war so auf den Kampf zwischen Jaden und ihren eigenen Krieger fixiert, dass sie den Angriff erst merkte, als es schon zu spät war. Das Eis traf sie und ließ die Herrin der feindlichen Elects zu Boden gehen. Ich rannte vor, nahm das Schwert eines gefallenen Kriegers und ließ den Eisklotz dank meiner Kräfte in die Höhe steigen. Gott sei dank, Apolda lebte noch. Ich lächelte.

„Sie hatten recht, wir sind wirklich gut im Kämpfen", sagte ich, erhob mein Schwert und ließ die Klinge niedersausen und beendete das Leben dieser unwürdigen Frau, die ihr Leben damit verbracht hatte, Hass und Feindschaft zu sähen.

Im Augenblick ihres Todes änderte sich alles, die feindlichen Krieger erstarrten und Jaden, Nelly und Rick zögerten keine Sekunde, sie stachen auf ihre Gegner ein und alle drei fielen gleichzeitig zu Boden. Ich sah auf dem Bildschirm, dass viele meiner Freunde ihre Gegner ebenfalls besiegten. Die Kinder, die hinter dem Thron der Herrscherin gestanden hatten, heulten entsetzt auf. Ich machte einen Schritt auf sie zu. „Ihr könnt wählen, euch lasse ich die Wahl, entweder ihr schließt euch uns an oder ihr werdet sterben", stellte ich ihnen als Ultimatum.

„Ihr seid unsere Feinde! Warum sollten wir auf eurer Seite sein?" Ein ungefähr sechs Jahre altes Mädchen trat einen Schritt vor.

„Wir wollten euch nicht vernichten, eure Art wollte uns töten. Wir haben nur unsere Freunde, unsere Familie beschützt." Rick hatte sich neben mich gestellt.

„Ich will nicht sterben!", heulte ein kleiner Junge.

„Bei uns werdet ihr es gut haben, ihr wart dazu auserwählt, unsere Schule zu besuchen, ihr solltet eurer wahren Bestimmung nach gar nicht hier sein", erklärte Edwin.

„Hä?", machte das kleine Mädchen.

„Wenn ihr euch uns anschließt, werden wir euch alles über Familie und Freundschaft erklären", sagte Nelly. Sie lächelte jeden von uns an.

„Ok, ich komme mit. Was ist mit euch? Kommt ihr mit mir?", fragte das Mädchen, das zuerst gesprochen hatte. Einer nach dem anderen gesellte sich zu der Kleinen.

„Prima, Nelly und Charles werden euch in euer neues Zuhause bringen." Ich sah die zwei fragend an.

„Klar! Kommt mit uns." Nelly streckte ihre Hand aus. Das erste Kind ergriff ihre Hand, nahm wiederum die eines anderen. Als sich ein Kind nach dem anderen die Hand gab, passierte etwas Unglaubliches: Ihre Augen änderten sich von einem dunklen Schwarz zu einem leuchtenden Gold und jedes Kind begann glücklich zu lächeln.

„Wir sehen uns zu Hause, ihr habt noch einen Krieg zu gewinnen", verabschiedete sich Charles, und schon teleportierten sie mit den fremden Kindern zur *School of the Elect.*

„Wow!", rief Jaden überrascht. „Ich dachte, man könnte im Beisein gestohlener Elects nicht teleportieren?"

„Na ja, die Kinder sind keine gestohlenen Elects mehr und hier ist kein lebender gestohlener Elect mehr in der Nähe. Oder falls doch, hat das vielleicht etwas mit dem Tod Apoldas zu tun", überlegte ich. Und dann passierte etwas, mit dem ich nie im Leben gerechnet hätte.

„Warte, Jessica", rief Rick plötzlich und sah mir dabei direkt in die Augen. Dann kniete er sich vor mich hin. „Jessica Willington, hiermit schwöre ich dir, dass ich dich beschützen werde, und zwar für immer. Ich will an deiner Seite kämpfen und dich mit meinem Leben beschützen! Nimmst du meinen Schwur an?" Alle im Saal sogen erstaunt die Lust ein.

Ich wusste gar nicht, was ich sagen sollte. Das war einfach nur unglaublich. Warum tat er das? Er liebte mich, das wusste ich, aber warum der Schwur? Trotzdem platze es aus mir heraus: „Ja!" Ich konnte nicht anders reagieren. Rick erhob sich strahlend und küsste mich. Wir gingen durch die Höhle nach draußen, wo auf dem Feld immer noch die Schlacht stattfand. „Ich werde dich beschützen, du brauchst dringend Schutz und ich werde während des Krieges nicht von deiner Seite weichen", versprach mir Rick.

„Ich werde daran denken." Bevor wir wieder aufs Feld rannten, gab ich ihm einen kleinen Kuss. Wir liefen mitten hinein in die Schlacht und halfen unseren Freunden. Denn obwohl die Herrin der feindlichen Elects tot war und einige Krieger offensichtlich aus diesem Grund sofort ihre Kraft verloren hatten, kämpften andere weiter. Doch nach und nach gewannen wir die Oberhand, bald lagen überall lagen tote Körper herum und auf dem Schlachtfeld wurde es immer leerer.

„Jessica! Oh mein Gott, wo warst du?" Jan kam auf mich zu und umarmte mich. Ich schob ihn weg.

„Keine Zeit für Erklärungen, wir müssen einen Krieg gewinnen", erinnerte ich ihn.

„Du hast Apolda getötet?", fragte er in Gedanken, während wir übers Feld rannten. Rick und Edwin wichen nicht von meiner Seite.

„Ja", antwortete ich ihm.

„Das hat den Krieg verändert, die gestohlenen Elects kämpfen inzwischen wie in Trance", erzählte mein Freund.

Ich nickte, das war mir in den letzten Minuten auch aufgefallen. Offensichtlich ließ Apoldas Macht nun auch von ihnen ab.

***

Dass Rick Jessica die Treue geschworen hatte, freute Edwin. Sie würden es schaffen, nach Hause zu kommen. Apoldas Tod war entscheidend für den Krieg gewesen. Ohne seine Schwester hätten die Guten den Krieg verloren, aber auch ohne ihn wäre der Kampf nicht gut ausgegangen. Seit Edwin seinen gestohlenen, großen Bruder umgebracht hatte, konnte er Jessicas Gefühle spüren. War das Jasons Fähigkeit gewesen, die sich auf Jessica bezogen hatte? Hatte Jason all die Jahre ihre Gefühle spüren können? Oder hatte er, Edwin, selbst diese Fähigkeit bekommen, weil er ihr das Leben gerettet hatte? Er verschob diese Gedanken erst mal auf später. Edwin erhob sich in die Luft. Ihm fiel auf, dass keiner der black whispers mehr übrig war, das war sehr gut für ihn. Jessica blieb am Boden, aber Jan schloss sich Edwin an. Er warf dem Achtjährigen einen Bogen zu. „Wow! Wo hast du den denn her?", fragte Edwin überrascht.

„Von gestohlenen Elects, die auf diesen schwarzen Wesen saßen. Ich habe einige von ihnen getötet und die Bögen an mich genommen", erklärte er.

Edwin schob sein Schwert in die Scheide und legte sich den Köcher mit den Pfeilen um. Einen jedoch nahm er heraus und spannte den Bogen. Er schoss einem gestohlenen Elect mitten ins Herz. „Guter Schuss!", lobte Jan ihn.

„Danke", rief Edwin, als er den zweiten Pfeil an den Bogen legte. So flogen sie über die Menge und Edwin erschoss mehrere gestohlene Elects – die letzten Feinde, die noch am Leben geblieben waren.

# Ende gut – alles gut?

Etwa eine halbe Stunde später jubelten wir alle, wir hatten gesiegt, hier auf dem Feld war keiner der gestohlenen Elects übrig. Einige unserer Krieger kontrollierten die Höhle, ob dort noch welche waren. Wir mussten aber nicht mit.

„Jessica!" Jan kam auf mich zu und zog mich in seine Arme, Rick und Edwin standen neben mir. Ich entzog mich seiner Berührung. „Ist was?", fragte er. „Du verheimlichst mir doch was, oder?" Jan ging einen Schritt von mir weg und schaute mich erschrocken an. Ich sah kurz zu Edwin.

„Sag es ihm! Das bist du ihm schuldig!", ermahnte mich mein Bruder in Gedanken.

„Nein, nichts ..." Ich ließ meinen Blick zu Edwin wandern und bat ihn, bitte nichts zu sagen. Edwin schüttelte den Kopf und ging einfach weg.

„Ich geh auch mal, keine Sorge, ich bin immer in deiner Nähe", flüsterte Rick mir zu.

Schon stand ich mit Jan alleine da. Er zog mich wieder in die Arme und wollte mich küssen. Nein! Ich durfte ihm nicht immer noch etwas vorspielen. Ich entzog mich ihm erneut.

„Was ist los mit dir?", wollte er wissen. „Jessica, ich weiß, ich habe es noch nie ausgesprochen, aber ich liebe dich, du hast es dir bestimmt schon gedacht, aber ich wollte es noch einmal laut sagen. So, jetzt bist du dran ..." Er wartete gespannt auf meine Antwort.

„Jan, ich ..." Weiter kam ich nicht. Mit Tränen in den Augen rannte ich davon. Kurz vor der Höhle brach ich schluchzend vor einem Stein zusammen.

So fand Edwin mich. „Ich habe deine Traurigkeit gespürt, nach allem, was Jan mir erzählt hat, kann ich mir denken, was los war." Er setzte sich neben mich und legte einen Arm um mich. Ich ließ mich von meinem Bruder trösten.

„Danke", sagte ich leise.

„Für was?", fragte er verwirrt.

„Du hast mich vorhin gerettet", erinnerte ich ihn.

„Ich bin dein Bruder", sagte er nur.

„Jungkrieger Bruder Edwin", berichtigte ich ihn. Er lächelte nicht. „Wie geht es dir?", fragte ich besorgt.

„Ich weiß, alle denken, mich würde so was nicht mitnehmen, aber ich habe Leute umgebracht und den Tod von Freunden miterlebt. Körperlich geht es mir gut, aber sonst ... Verstehst du mich?", wollte er wissen.

„Edwin, niemand denkt von dir, dass dir so was nichts ausmacht. Das ist immer schlimm. Uns geht es doch allen so", versuchte ich ihn zu trösten.

„Ich kann deine Gefühle spüren, das konnte ich noch nie, erst als ich Jason ... getötet habe", brachte er heraus.

„Hat er seine Fähigkeiten auf dich übertragen?", fragte ich überrascht.

Er zuckte mit den Schultern. „Ich weiß es nicht, vielleicht. Oder ich habe diese Fähigkeit bekommen, weil ich dir geholfen habe ... kann beides sein." Der Kleine sah zu mir hoch. „Du bist die beste Schwester der Welt ... und die Sache mit Jan kriegen wir auch wieder hin, versprochen."

„Ich weiß, weil wir immer zusammenhalten werden!" Ich umarmte ihn und gab ihm einen sachten Kuss auf sein Haar.

„Und du hast Rick, der dir Schutz geschworen hat."

„Du wusstest es, oder?" Ich sah in seine Augen, in seine blauen, strahlenden Augen. „Du wusstest, wie tief Rick für mich empfindet, oder?"

Jetzt lächelte auch Edwin. „Ja, ich habe es mir gedacht. Rick und ich hatten im Kerker viel Zeit zum Reden und du bist nicht die Einzige von uns, die ihre Gedanken verschleiern kann. Ich wollte dir nichts vorenthalten, aber ich wollte, dass du es von ihm erfährst, nicht von mir."

Mein Bruder ... Ich konnte niemals wieder behaupten, er wäre für den Krieg nicht geeignet. Er war ein großartiger Kämpfer und sein letztes Stück Kindheit hatte er in dieser Nacht definitiv verloren. Wie alt war er? Klar, acht, aber von seinem mentalen Entwicklungsstatus her? Er redete wie ein junger Erwachsener, mir kam es fast so vor, als wäre er und ich Zwillinge. Ich wusste, dass wir in einigen Jahren wahrhaftig wie Zwillinge aussehen würden, ab 22 Jahren hörten wir Elects körperlich auf zu altern. Es war natürlich anders, wenn man seine Macht abgab, aber dazu würde es bei uns nie kommen.

„Jessica? Edwin? Walesa sucht euch, wir wollen zurückgehen, kommt ihr?" Wie aus dem Nichts war Oswin aufgekreuzt. In Oswins Gesicht waren mehrere Nähte zu sehen, er musste im Kampf verletzt worden sein, sonst sah er aber nur müde aus. Wir folgten ihm. „Du solltest zu Hause auch mal zum Krankenzimmer gehen, der Schmerz ist kaum auszuhalten", flüsterte er mir wissend zu.

Auf dem Feld wurde ein großes Feuer gezündet, alle standen traurig darum herum. „Heute Nacht sind viele unserer Familie gefallen!", hallte Walesas Stimme durch die Nacht. „Darunter die kleine Isabella, die ihre Fähigkeiten und Kräfte erst vor einer Woche bekam, und die Einzige war, deren Fähigkeiten auch im Beisein der gestohlenen Elects zu benutzen waren!" Sie machte eine kurze Pause.

Edwin, Oswin und ich stellten uns ebenfalls ums Feuer und nahmen unsere Hände.

„Niemand wusste, warum und weshalb sie so plötzlich ihre Kräfte bekam, und was das Geheimnis ihrer Augen war. Wir alle werden ewig an sie denken, denn sie hat einigen von uns heute Nacht das Leben gerettet." Walesas Blick wanderte zu Boden. „Sie wird mit ihrer Erde eins werden, denn sie war mit der Erde am engsten vertraut. Ebenfalls bedauern wir den Verlust der kleinen Lucy. Sie war in der siebten Klasse und hat unserer Schule immer viel Fröhlichkeit gespendet. Ein elfjähriges Mädchen, die für ihre Schule gekämpft hatte, wir werden sie nie vergessen und ihren Verlust bedauern.“ Walesa sprach noch über 32 andere Schülerinnen und Schüler, die im Krieg gestorben waren. „Doch ohne Isabella oder Edwin, Jaden oder Jessica wären einige andere von uns auch nicht mehr am Leben. Jungkrieger Edwin ...“ Sie sah meinen Bruder an. „Wenn du nicht gewesen wärst, hätten wir nicht mal gewusst, was die gestohlenen Elects sind. Du hast heute gut gekämpft, ich hörte, dieses Lob hast du sogar von der Herrin Apolda erhalten, und ich stimme ihr zu. Du hast deine Schwester gerettet und deinen gestohlenen Bruder Jason getötet, für diese unglaubliche Tat wirst du immer mit Respekt geehrt. Wir alle hier danken dir, Jungkrieger Edwin.“ Walesa legte Edwin kurz beide Hände auf die Schultern, bevor sie weiter zu Jaden ging. „Jungkrieger Jaden, auch du hast uns heute Nacht einen großen Dienst erwiesen, für den wir dir immer danken wollen. Du hast immer erst nachgedacht und dann gehandelt, du hast Nelly und Charles gut durch die Höhle gebracht und bei eurer Gefangennahme Jessica, Jan, Edwin, Alessa, Oswin, Jenka, Isabella und Robin eine Nachricht geschickt, sodass sie wussten, dass ihr es nicht geschafft hattet, und doch habt ihr am Ende gegen Apolda gesiegt. Die Schule dankt dir von ganzem Herzen, Jungkrieger Jaden.“ Auch ihm legte sie die Hände auf die Schulter und kam nun auf mich zu. „Jessica, du hast heute Nacht vor allem Glück gewonnen. Rick sagte, er hätte dir Schutz und Treue geschworen.“ Ich spürte Jans erschrockenen Blick auf mir. „Auch dir danken wir, Jessica, du hast mit deinem Bruder die Gefangenen befreit und Apolda besiegt. Außerdem hast du immer an das Gute geglaubt. Ich habe gesehen, dass unser gefangener Elect namens Adrian hier war und dich gerettet hat. Keiner von uns hat versucht, ihn umzubringen. Seine eigene Art hat es getan und auch dies bedauere ich. Die Augen der Fünf- und Sechsjährigen färbten sich, nachdem sie sich für uns entschieden hatten, golden. Seine Augen wurden auch golden, als er dich gerettet hatte. Du hattest recht, Adrian war einer von den Guten, und deshalb ist dieses Bestattungsfeuer ebenso für ihn." Wie bei Edwin und Jaden legte sie mir ihre Hände auf die Schultern. „Lasst uns nach Hause gehen!", rief Walesa.

Wir alle fassten uns bei den Händen und teleportierten uns zurück zur *School of the Elect*.

„Was wird jetzt passieren?", fragte Edwin.

„Wir werden die kommende Nacht noch hier schlafen und uns ausruhen bis wir morgen nach Hause gehen", erklärte ich.

„Nein!" Edwin stiegen Tränen in die Augen. Wir saßen in Ricks Wohnzimmer.

„Edwin?", fragte Rick. „Warum willst du nicht nach Hause?"

„Warum? Weil mein Zuhause hier ist, also dort, meine ich", sagte er und zeigte aus dem Fenster Richtung Schulgebäude.

„Willst du ein *full-time-Elect* werden?", fragte ich. Mein Freund und ich warteten auf seine Antwort.

„Noch nicht, erst wenn du auch zum *full-time-Elect* wirst, also in zwei Jahren. Das Einzige, was ich will, ist, dass ich bei meiner Schwester zu Hause wohne und nicht in diesem blöden Internat", erklärte er verzweifelt.

„Ich weiß, Edwin ... Du weißt, dass ich für dich alles aufgeben würde, für dich würde ich auch jetzt schon in die *School of the Elect* ziehen", meinte ich ernst.

„Was hältst du davon, wenn du nächstes Jahr zu uns kommst und dieses eine Jahr noch über dich ergehen lässt?", fragte Walesa, die gerade zur Tür reinkam. „Oswin wollte gerne mal das sterbliche Leben kennenlernen, ich sagte, dass er, wenn ihr zwei es erlaubt, ihn mal für ein Wochenende mitnehmt und ihm eure reale Welt zeigt", bot unsere Schulleiterin an.

„Bitte, Edwin, ich würde so gerne mal mit euch kommen. Danach kannst du doch immer noch hierherkommen. Darf ich nächstes Wochenende zu euch kommen? Bitte!", flehte Oswin, der hinter seiner Mutter stand.

„Was hältst du davon, Edwin? Ein Jahr, in dem ich mich von meinen Freunden verabschieden kann?“ Ich schaute zu Moni, die neben meinem Bruder auf der Couch saß.

„Von Moni wirst du dich nie verabschieden müssen. Sie ist an unserer Schule immer willkommen und jemanden, der sie manchmal abholt, finden wir ganz sicher, ebenso wie die kleine Alina.“ Walesa schaute zu Jadens Schwester, die in den Armen ihres Bruders schlief. Wir alle saßen zusammen: Alessa, Jaden mit seiner Schwester, Edwin und Rick, Moni, Walesa und Oswin und ich. Jan hatte, seit wir wieder hier waren, kein einziges Wort mit mir geredet. Er hatte mich einfach ignoriert, und als ich nach ihm suchen wollte.

„Ja ok, aber nur, wenn Oswin mich dann wirklich besuchen darf“, gab sich Edwin geschlagen.

„Klar, nur unsere Mutter muss es uns erlauben“, erinnerte ich ihn.

„Keine Angst, das wird sie bestimmt“, glaubte mein Bruder.

„Meinst du? Was willst du sagen, wo wir bitte die ganze Woche waren?“, fragte ich ihn. Nur am Samstag stand die Zeit in der normalen Welt still.

„Sagt doch einfach, dass Edwin nicht ins Internat wollte und abgehauen ist, und dass wir beide versucht haben, ihn zu überreden, wieder nach Hause zu kommen. Vielleicht wird sie dann auch die Sache mit dem Internat noch mal überdenken.“ Jan!

Ich drehte mich erschrocken um. Mein Freund stand im Türeingang und schaute mich traurig an. „Viele Elects wollen nicht mehr nach Hause, weil sie Angst haben, ihnen würde keine Ausrede für ihre Eltern einfallen“, erzählte er weiter.

„Können wir reden?“, fragte ich leise.

„Du brauchst mir nichts zu erklären! Ich weiß alles!“, erwiderte er scharf.

„Jan, bitte!“, flehte ich.

„Vergiss es! Du hast mich echt verletzt, Jessica!“, zischte er und drehte sich um, um aus dem Zimmer zu gehen.

Ich sprang auf, ignorierte die Schmerzen in meiner Hüfte und rannte ihm hinterher. „Jan!“, schrie ich. „Wir sind doch beste Freunde! Ich weiß, ich habe Mist gebaut, aber ich wollte dich doch nur nicht verlieren!“

„Dachtest du, wenn du mir die Wahrheit sagst, dass du nichts für mich empfindest, ich dann im Krieg getötet worden wäre“, wollte er wissen.

„Ja! Genau, das hatte ich geglaubt! Du bist mein bester Freund und das schon immer! Du hättest im Krieg nicht klar denken können. Das weiß ich, weil ich dich kenne!“, schrie ich. „Und außerdem habe ich nie gesagt, dass ich dich liebe!“, erinnerte ich ihn.

„Du hast mich geküsst ... oder vielmehr hast du den Kuss erwidert!“, brüllte er zurück.

„Ich habe nie gesagt, dass mir das nicht gefallen hätte“, rutschte es aus mir heraus.

Er drehte sich schlagartig um. „Als ob!“

„Du bist mir wichtig!“ Ich kam ihm näher, bis ich direkt vor ihm stand.

„Das glaube ich dir nicht mehr. Ich weiß gar nicht mehr, was ich dir noch glauben soll“, gab er zurück.

Dann küsste ich ihn flüchtig. Ich wusste nicht mehr, was ich mir dabei dachte. „Dass ich dich liebe ... nur auf eine andere Weise“, gestand ich.

„Als besten Freund vielleicht“, brummte er.

„Auch ...“, sagte ich.

„Was soll das bedeuten?“, wollte er wissen.

„Dass ich dich nicht verlieren will, du bist einerseits mein bester Freund, andererseits wie ein Bruder!“, gab ich ihm zu verstehen.

„Ich kann es einfach nicht ertragen, dich mit ihm zu sehen! Auch wenn ich wie ein Bruder bin, ich werde niemals dein Geliebter sein, sondern immer an zweiter Stelle stehen“, seufzte er.

„Das ist doch klar! An erster Stelle wird immer Edwin stehen, das war immer so und wird auch immer so bleiben. Ich werde dich nicht weniger mögen, nur weil ich Rick liebe“, versuchte ich, ihm zu erklären. „Es tut mir doch leid ...“

„Du hast recht, aber ich bin immer noch sauer. Ich brauche einfach noch ein wenig Zeit, verstehst du?“ Jan umarmte mich kurz und ging Richtung Schulgebäude.

„Es wird schon wieder.“ Von hinten kam Rick und umarmte mich. Mein Krieger war verdammt gut aussehend. Seine Haut war von der Sonne braun gebrannt und seine blonden Haare gaben einen perfekten Kontrast zu seiner Haut. Er beugte sich runter und küsste mich. Ich schloss die Augen und genoss das Gefühl von Geborgenheit und Liebe.

„Ich hoffe es“, flüsterte ich und kuschelte mich in seine Arme. „Ich werde nächste Woche öfter mal bei dir vorbeikommen, ich halte es nicht aus, wenn ich dich einmal in der Woche nur flüchtig sehe“, sagte ich.

„Oh ja, da werde ich mich freuen“, lachte er und küsste mich wieder.

„In einem Jahr werde ich dich jeden Tag sehen, acht Tage die Woche“, säuselte ich.

„Acht?“, fragte er.

„Den normalen Samstag und den Samstag, wo die Zeit in der echten Welt still steht“, erinnerte ich ihn.

„Ach stimmt ja, vergesse ich manchmal. Komm mit rein. Du solltest dich ausruhen.“ Wir gingen zu seinem Haus zurück. Sein Arm lag immer noch um meine Schulter. Edwin lächelte mich glücklich an. Klar, er konnte alles fühlen, was ich fühlte, aber das war mir nicht peinlich, vor meinem Bruder war mir gar nichts peinlich.

„Wo sind die anderen alle hin?“, fragte ich – im Wohnzimmer saß nur noch Edwin.

„Walesa zeigt Moni, wo sie übernachten kann, keine Sorge, sie übernachtet mit Elly im Zimmer, sie ist nicht alleine. Du und ich übernachten bei Rick“, sagte der Kleine lächelnd.

„Oh." Ich lächelte Rick an.

„Wagt es nicht, diese Nacht irgendetwas zu machen, ich muss mit euch in einem Zimmer schlafen", ermahnte mein Bruder uns.

Wir lachten.

Eine halbe Stunde später saß ich geduscht und erholt auf Ricks Bett, mein Geliebter bereitete die Couch in seinem Schlafzimmer für Edwin vor. „Tut mir leid, Jessy, aber ich will heute Nacht nicht alleine sein", entschuldigte mein Bruder sich.

„Kein Problem, du schläfst auf der Couch und ich bei Rick im Doppelbett", erklärte ich.

Als Rick fertig für die Nacht war, kam er zu mir ins Bett und Edwin schlüpfte in sein vorbereitetes Nachtlager auf der Couch. Wie ich geahnt hatte, schlief er bereits nach zehn Minuten tief und fest.

„Dein Bruder ... er ist fast schon wie ein eigenes Kind für mich", sagte Rick nachdenklich.

„Ich dachte, ihr seid Freunde", lachte ich leise, sodass ich Edwin nicht aufweckte.

„Ja klar, aber wenn du so neben mir im Bett liegst und er so süß und selig schläft ...", murmelte der Krieger mit einem Lächeln im Gesicht.

„Eigentlich schade, dass Elects selten Kinder bekommen können", nuschelte ich.

Rick küsste mich. „Finde ich auch, Walesa hatte echt Glück mit ihrem Sohn", murmelte er zwischen unseren Küssen. Mein Herz schlug bis zum Hals und überall an meinem Körper kribbelte es. Er küsste mich weiter, sodass ich kaum noch Luft hatte.

Plötzlich schrie Edwin auf und wir zuckten erschrocken zusammen. „Edwin! Was ist los?" Sofort war ich an seinem Bett.

„Tut mir leid ... war nur ein Albtraum." Er atmete immer noch schnell und Tränen liefen ihm über die Wangen. „Sorry, wenn ich euch aufgeweckt habe", schluchzte er.

„Schon ok, Süßer, schlaf weiter." Ich strich ihm über die Haare, während er sich zurück aufs Kissen sinken ließ. Kurze Zeit später schlief er wieder und ich krabbelte zu Rick ins Bett. „Wer hätte heute Abend keine Albträume", flüsterte ich.

„Er ist noch so jung, da ist es doch klar, dass er traumatisiert ist, aber bei Elects hält es höchstens drei Wochen an, also mache dir nicht so viele Sorgen", beruhigte Rick mich. Wir redeten lange und Edwin wachte in der Nacht noch dreimal auf oder wälzte sich unruhig auf der Couch hin und her. Nach einiger Zeit war auch ich endlich eingeschlafen.

„Jessica, Edwin, Frühstück", rief Rick. Ich öffnete die Augen und setzte mich hin, mein Bruder schlief noch. Ich ging zu Rick ins Esszimmer. „Hey!" Er küsste mich kurz zur Begrüßung. „Hast du gut geschlafen?", fragte er.

„Ja, aber heute muss ich wieder nach Hause", erinnerte ich ihn.

„Ich weiß, keine Sorge, das wird schon gut. Frühstücke erst mal, dann kannst du dich umziehen und ich wecke in der Zeit deinen Bruder", erklärte er. Ich nickte und begann, mir ein Brot zu schmieren.

„Edwin, aufstehen", sagte Rick.

Edwin öffnete verschlafen die Augen. „Hä, was?" Er rieb sich die Augen.

„Ihr müsst gleich nach Hause", erinnerte Rick ihn.

Der Achtjährige schaute aus dem Fenster, unten liefen überall Elects herum, die ihre Sachen bereits gepackt hatten. „Frühstück steht im Esszimmer. Und du musst dein Schwert unsichtbar machen, damit es niemand der Sterblichen sieht, aber nimm es mit in eure Welt. Ein Krieger sollte sein Schwert immer bei sich haben." Rick zwinkerte ihm zu. Während Edwin sich seine Schwertscheide umlegte und das Schwert hineinschob, ließ er den Köcher und den Bogen im Zimmer.

Es klingelte an der Tür. Rick rannte hin und öffnete sie. „Elly, Moni, hey!" Er ließ die zwei eintreten.

„Ich wollte nur Moni vorbeibringen, ich gehe jetzt nach Hause. Wir sehen uns erst nächsten Samstag wieder. Ciao, Leute“, rief Elly, als sie die Tür hinter sich schloss.

„Hast du schon was gegessen, Moni?“, fragte Rick höflich.

„Ja, danke.“ Moni schaute mich an. „Jan ist schon weg“, erklärte sie.

„Hätte ich mir denken können. Wir müssen jetzt auch los. Edwin, bist du fertig?“, fragte ich ihn.

„Ja, tschüss, Rick, bis nächsten Samstag“, verabschiedete er sich.

„Klar, junger Krieger!“ Rick lächelte ihm zu. „Wir sehen uns, Jessica.“ Er küsste mich zum Abschied.

„Wir sehen uns bald wieder“, verabschiedete ich mich. Ich nahm Monis Hand und schon teleportierten wir vor unser Haus.

„Ich geh dann mal nach Hause. Wir sehen uns spätestens in der realen Schule“, verabschiedete sich jetzt auch meine Freundin, nachdem wir angekommen waren. Ich umarmte Moni, nahm dann Edwins Hand und klingelte an der Haustür.

Wie zu erwarten rastete Mom total aus, nachdem sie uns die Tür geöffnet hatte. Sie brüllte und ließ mich und Edwin kaum zu Wort kommen. Sie schrie Edwin an, er solle seine Sachen packen und sofort ins Internat fahren, doch er weigerte sich. Ich erklärte ihr, dass Edwin angeblich abgehauen wäre, weil er nicht ins Internat wollte. Sie hörte kurz zu, brüllte dann wieder rum, dass das überhaupt kein Grund sei und dass Edwin es in diesem Internat besser hätte und so weiter. Mein Bruder antwortete ebenfalls sehr laut, dass er wieder abhauen würde, wenn sie ihn erneut abschieben würde. Mom fauchte ihn an, wie er so was auch nur sagen könnte. Ich mischte mich ein, dass Edwin das Internat hasste und es für ihn das Beste wäre, wenn er hierbleiben könnte. Irgendwann gab Mom auf, rief im Internat an und meldete ihn ab, dafür steckte sie Edwin in die fünfte Klasse meiner Schule, obwohl er erst acht war, ohne auch nur mit Edwin zu reden, was er wollte.

In seiner neuen Schule gefiel es dem Kleinen schließlich ganz gut. Mom hatte sich abgeregt und redete wieder mit uns. Ich fragte sie am Freitagabend, ob fürs Wochenende nicht ein Freund von Edwin zu Besuch kommen könnte. Sie willigte ein, und so konnte es Edwin am nächsten Morgen kaum erwarten, in die *School of the Elect* zu kommen. Deshalb gingen wir schon eine ganze Stunde früher los.

Kaum waren wir angekommen, rannte er sofort ins Schulgebäude und zu Oswin. Während mein Bruder bei Walesas Sohn war, ging ich zu Rick. Jan und ich redeten wieder halbwegs miteinander und mit Moni verstand ich mich besser denn je. Unsere Erstklässler wurden gerade von ihren Mentoren abgeholt und auch die zehn gewandelten Elects bekamen Mentoren. Sie wurden natürlich alle *full-time-Elects.* Ich kuschelte mit Rick auf seinem Sofa, als die Schulglocke ertönte. Ich seufzte, stand auf, verabschiedete mich mit einen Kuss und ging Richtung Schulgebäude.

In der ersten Stunde hatte ich Geschichte bei Amela. Es war klar, dass wir uns über den Krieg unterhielten, der gerade erst stattgefunden hatte. Ich saß neben Elly und trug viel zum Unterricht bei. Amela war eine junge Lehrerin, vielleicht gerade mal 50 Jahre alt. Okay, das mochte vielleicht alt klingen, aber wenn man bedachte, dass Elects 1000 Jahre lebten, war das noch gar nicht so alt. Nach Geschichte hatten wir Sport. Wir rannten hundert Runden um die Sporthalle, ein Klacks für uns Elects. Nach fünf Minuten hatten wir es alle geschafft und waren nicht mal außer Puste. Den Rest der Stunde durften wir machen, was wir wollten. *Gedankenwissen 2* war nicht ganz so entspannend. Wir bekamen unser Lehrbuch ausgeteilt und besprachen die Theorie zum Gedankenverschleiern und Gedankenlesen. Ab der zehnten Klasse lernten Elects, Gedanken zu lesen, gedanklich kommunizieren konnten aber nur wenige, da es eine Gabe war. Über dieses Thema wurde nur theoretisch gesprochen. So musste ich mir also die ganze Stunde das anhören, was ich sowieso schon konnte, und musste so viel schreiben, dass mir in der Pause die Hand wehtat. „Ich hasse Theorie", seufzte ich.

In der Mittagspause ging ich nicht wie sonst in die Cafeteria, sondern zu Rick. „Ich hatte Sehnsucht nach dir." Ich küsste meinen Freund und ging in seine Wohnzimmer.

Er lachte. „Komisch, dein Bruder war in seiner Mittagspause ebenfalls hier", meinte er.

„Tja, du bist bei uns Willingtons eben beliebt", lachte ich und gab ihm noch einen Kuss.

„Edwin hat erzählt, dass Oswin dieses Wochenende schon zu euch kommt", sagte Rick.

„Ja", seufzte ich.

„Hast du auch schon mal darüber nachgedacht, dass in einer Woche die Wahl ist, wer, meinst du, wird Walesas Nachfolger oder Nachfolgerin?", wollte er von mir wissen.

„Oswin", sagte ich ohne zu zögern.

„Das denken wohl die meisten."

„Denkst du was anderes?", fragte ich überrascht.

„Ja, ich glaube, dass entweder du oder Edwin Nachfolger wird", gab er zurück.

„Ich? Oder Edwin? Warum? Oswin ist da doch viel naheliegender als ich oder mein Bruder. Warum denkst du, sollte ich Schulleiterin werden?", hakte ich entgeistert nach.

„Weil Walesa sich wünscht, dass du Schulleiterin wirst, weil du, wie sie gesagt hat, diejenige bist, die an das Gute glaubt, weil du gerecht bist und in jedem das Beste siehst!", antwortete er sogleich.

„Walesa kann sich viel wünschen, aber sie entscheidet nicht", erinnerte ich ihn.

„Sie wünscht es nicht, sie glaubt, und wenn sie jetzt schon so ein Gefühl hat, dass du es wirst, ist es doch naheliegend, oder?" Er lächelte.

„Na ja, ich glaub eher nicht, ich denke immer noch, dass Oswin Schulleiter wird", meinte ich.

„Wir werden es nächsten Samstag sehen“, lachte er.

„Haben wir da eigentlich Schule?“, fragte ich.

„Nein, natürlich nicht, aber es müssen alle anwesend sein“, beantwortete er meine Frage.

Ich schaute zu ihm hoch und küsste ihn. „Ich liebe dich“, murmelte ich.

„Und ich liebe dich!“ Er beugte sich zu mir runter und begann mich so wild zu küssen, dass mir schwindelig wurde. Er presste mich aufs Sofa und küsste mich dort weiter. Seine Hand glitt von meiner Taille unter mein T-Shirt und begann, meinen Rücken zu streicheln. Das liebte ich an Rick, er überstürzte nichts. Wir küssten uns weiter, bis wir beide außer Atem waren. Draußen hörte ich die Schulglocke. Rick sah mich fragend an. Ich ignorierte die Glocke und zog Rick enger an mich.

# Oswin

Ich verbrachte also die nächsten zwei Stunden bei Rick. Ich schwänzte ja eigentlich nicht die Schule, aber ich brauchte Rick einfach, und kämpfen? Also ich fand, wir hatten in der vergangenen Woche genug gekämpft. Ich aß noch etwas bei Rick. Er musste mich nicht überreden und verwöhnte mich richtig, genau das, was ich mal brauchte. Er hatte für mich gekocht. Mein Freund konnte kochen und das sogar ziemlich gut, fand ich. Da Edwin eh erst in einer Stunde Schule aus hatte, machte ich es mir an Ricks Tisch gemütlich und kostete das wunderbare Essen.

Nachdem wir offiziellen Schulschluss hatten, wartete ich am Schulgebäudeeingang auf meinen Bruder und Oswin.

„Wir sind fertig!“, rief Oswin fröhlich. Er, Edwin und Walesa standen am Eingang und der Sechsjährige trug eine kleine Reisetasche. „Da sind nur Klamotten und Waschzeug drin, alles, was ich brauche. Mom meinte, es wäre gut, wenn ich eine etwas größere Tasche mitnehmen würde, da Menschen immer so viele Sachen hätten.“ Oswin lächelte frech.

„Ja klar, soll ich sie nehmen?“, bot ich ihm an.

„Ich bin ein Krieger, Jessy“, meinte er nur. „Tschüss, Mom, du weißt, wo Jessy und Edwin wohnen, damit du mich am Sonntag abholen kannst?“

„Ja klar, mein Schatz. Hab viel Spaß und höre auf das, was Jessica dir sagt. Sie wird die Verantwortung für dich haben“, mahnte Walesa ihren Sohn.

„Keine Sorge, ich passe auf ihn auf, aber jetzt mal los!“ Ich nahm Oswins Hand und winkte schnell noch Walesa zu, bevor wir nach Hause teleportierten.

„Wow, hier sind ja viele Häuser“, staunte Oswin nur einen Moment später.

„Warst du denn noch nie in unserer Welt?“

„Nein, ich durfte nie“, sagte er traurig.

„Du wirst auf mich hören müssen, damit du dich normal verhalten kannst. Bevor wir jetzt in dieses Haus gehen, musst du wissen, dass man den Leuten höflich *Hallo* sagt und auf die Erwachsenen hört. Sie haben das Sagen. Den Rest erklär ich dir später, also los.“ Ich klingelte an unserem Haus.

Mom öffnete die Tür. „Ah da seid ihr ja, du musst dann wohl Oswin sein. Freut mich, dich kennenzulernen. Kommt doch rein.“

Wir gingen ins Haus und Walesas Sohn schaute sich staunend um. „Auf welche Schule gehst du eigentlich?“, fragte meine Mutter.

Ich antwortete schnell für Oswin, bevor er irgendwas Falsches sagen konnte: „Er ging auf Oswins alte Schule und sogar in seine Klasse.“ Wenn man das so sah, war es ja eigentlich sogar die Wahrheit. Oswin ging auf dieselbe Schule wie Edwin, nämlich auf die *School of the Elect*, aber das musste Mom nicht wissen.

„Ach so, schön, geht doch schon mal in Edwins Zimmer, da habe ich die Couch für dich ausgezogen. Die zwei zeigen dir, wo das Zimmer ist. Ich backe gerade Kekse und bringe euch nachher welche hoch.“

Wir führten Oswin in Edwins Zimmer. Mein Bruder besaß wenige Spielsachen, wollte aber seinen Bogen, den er nun bei Rick abgeholt hatte, über sein Bett hängen. Oswin stellte seine Tasche neben die ausgezogene Couch, die vor dem Fenster stand und schaute sich neugierig um. „Du hast viele Sachen“, meinte er mit einem Blick auf Edwins Schreibtisch.

„Ich habe eigentlich ziemlich wenige Sachen für einen normalen Menschen“, erklärte mein Bruder.

„Ach ja, ich habe euch übrigens eine Elect-Zeitung mitgebracht, damit auch ihr Zeitungsausschnitte in euer Zimmer hängen könnt. Oder was auch immer ihr damit macht." Oswin zog eine Zeitung aus seiner Tasche. Edwin schloss die Tür und wir setzten uns alle auf sein Bett und beugten uns über das Geschriebene. Die Elect-Zeitung kam einmal im Monat raus, und zwar am zweiten Montag des Monats. Bis wir samstags in der Schule waren, waren schon immer alle weg.

„Ist die über den Krieg?", fragte Edwin neugierig.

„Auch, vom ganzen letzten Monat eben. Das hier ist eine Sonderausgabe, die kam gestern erst raus. Über euch sind diesmal einige Artikel drin, sogar über Ricks Treueschwur!" Dann lasen wir zunächst die Schlagzeile

*Das Geheimnis des Erdmädchens wird nie gelüftet werden*

*Isabella Mira, ein siebenjähriges Elect-Mädchen, bekam eine Woche vor dem Krieg besondere Fähigkeiten und gehörte seitdem zu den jetzt neun Begabten. Ihre schimmernden grünen Augen und ihre Gaben und Kräfte, die sie alle trotz Beisein der gestohlenen Elects benutzen konnte, werden für immer ein Geheimnis bleiben. Sie starb während des Krieges. Ohne sie wären in der Schlacht einige mehr gefallen. Sie hat alle gerettet und wird immer in unseren Herzen bleiben.*

Ich las den Artikel unter der Schlagzeile vor und musste mich zusammenreißen, um nicht in Tränen auszubrechen. Unter dem Artikel war ein Foto von ihr. Auf dem Kopf trug sie ihren Blumenkranz, der sie als Blumenmädchen auswies.

*Liebe hält ewig*
*Rick schwört Jessica beim Krieg Schutz und Liebe*

So lautete die zweite Schlagzeile. Darunter war ein Foto von mir und Rick.

„Oh wie cool, den Artikel müssen wir auf jeden Fall in unser Album kleben“, sagte Edwin.

„Album?“, fragte ich.

„Hier.“ Edwin hielt mir ein leeres Fotoalbum hin. „Das hat Oswin mir vorhin gegeben“, erklärte er weiter. „Ein Album, in das nur Schlagzeilen von unserem Elect-Leben reinkommen. Quasi als ewige Erinnerung.“ Edwin lächelte.

„Cool, super Idee, Oswin, danke!“ Wir blätterten die Zeitung um.

*Ein weiterer Willington-Bruder*

und

*Edwin rettet seine Schwester indem er Jason tötete*

So hießen nächsten Schlagzeilen. Ich liebte die Elect-Zeitung und diese war die dickste, die ich je gesehen hatte. Sie hatte bestimmt 50 Seiten, es war ein ziemlich umfangreiches Werk. Es gab auch jeweils einen Steckbrief der zehn gestohlenen Elect-Kindern, die jetzt zu uns gehörten.

Irgendwann kam meine Mutter rein. „Hey, Kinder, wollt ihr ein paar Kekse?“, fragte sie mit einer Schüssel voller Gebäck im Arm.

„Ja klar, danke, Mama!“ Edwin nahm ihr die Schüssel ab.

„Wie ich sehe, habt ihr schon Spaß.“

Was sah Mom denn? Die Zeitung war für sie unsichtbar.

„Ja“, sagte ich, während ich mir einen Keks schnappte. Unsere Mutter ging raus und schloss die Tür hinter sich. Als sie draußen war, fingen Edwin und ich an zu lachen.

„Hä?“, machte Oswin, doch wir lachten nur weiter. „Ist das normal, dass Sterbliche einfach in die Zimmer kommen? Meine Mom würde niemals in mein Zimmer kommen, wenn ich Besuch habe.“ Er blickte uns unsicher an.

„Ja, das ist leider normal, weißt du, wenn du Besuch hast, könnte es wichtig sein, und Walesa ist Schulleiterin, sie muss es berücksichtigen, aber unsere Mutter denkt, dass wir spielen, und sie kontrolliert nur, ob es uns noch gut geht oder ob wir etwas angestellt haben“, versuchte ich, ihm zu erklären.

„Deine Mutter kann außerdem deine Gedanken lesen. Sie weiß, wenn du etwas anstellen würdest“, fügte Edwin hinzu.

„Ich würde nie etwas machen, womit meine Mom nicht zufrieden wäre“, behauptete Oswin.

„Weil du so erzogen wurdest, ehrlich und höflich zu sein, und weil du dieses Leben als Mensch nicht kennst. Diese Welt ist nicht immer nett und freundlich“, sagte mein Bruder leise.

„Unsere Welt ist auch nicht gerade freundlich, sonst wären wir letzte Woche wohl nicht alle im Krieg gewesen“, erinnerte uns Oswin.

„Ich rede von der *School of the Elect*, alle, die dort sind, sind gut“, sagte ich, während ich mir noch einen Keks nahm.

In diesem Moment klingelte es.

„Jessica! Moni ist da!“, rief die Stimme meiner Mutter von unten.

„Sie soll in Edwins Zimmer kommen!“, antwortete ich ebenso laut. Ich hörte Schritte auf der Treppe – und schon stand Moni in der Tür.

„Hey, Oswin, schön, dich wiederzusehen. Hey, Jessy, hey, Edwin.“ Ich umarmte sie zur Begrüßung.

„Ich bin ebenfalls erfreut, dich hier zu treffen.“ Bei Oswins höflichem Ausdruck musste ich immer an Walesa denken. „Du könntest uns ja auch mal wieder beehren“, sagte Oswin mit derselben höflichen Art.

„Ja klar, aber erst nach der Wahl“, mischte ich mich ein.

„In eurer Schule wird bestimmt alles für Samstag vorbereitet“, stimmte Moni mir zu.

Oswin lächelte. „Echt schade, dass du sterblich bist, du wärst bestimmt ein prima Elect“, bemerkte er. Wir lachten.

„Damit ich eure Zeitung füllen kann?“, meinte meine Freundin spöttisch und zeigte auf unsere Elect-Zeitung.

„Du kannst sie sehen?“, fragte Edwin.

„Klar kann sie es sehen, wahrscheinlich genauso wie Jadens kleine Schwester. Sterbliche, die in unserer Welt waren, können die Unsichtbarkeit auf Gegenständen durchdringen. Wusstest du das nicht?“, fragte ich meinen Bruder.

„Nein, in welchem Fach lernt man das denn?“

„Unsichtbarkeit 2“, antwortete ich ihm. „Hast du noch nicht.“ Er konnte es also noch gar nicht wissen.

Moni setzte sich zu uns auf den Teppich. „Hat Jan eigentlich wieder mit dir gesprochen? In der Schule hab ich das Gefühl, dass er dir aus dem Weg geht“, meinte Moni traurig.

„Er redet nicht wirklich mit mir und ich kann ihn echt verstehen, ich habe Mist gebaut.“

„Es ist nicht nur deine Schuld. Wir müssen einfach dafür sorgen, dass Jan sich in eine andere verliebt. Als bester Freund sollte man sich nicht in die beste Freundin verlieben“, brachte Edwin das Problem auf den Punkt.

„Er kann nichts für seine Gefühle. Ich für meinen Fehler allerdings schon“, gab ich ihm zu verstehen.

„Das wird schon wieder, lass uns das machen. Edwin und ich kriegen ihn wieder zum Reden“, versprach Oswin.

„Klar, Jessy“, stimmte Edwin ihm zu.

Dann wandten wir uns wieder der Zeitung zu. In ihr stand sogar ein Artikel über Alina, Jadens kleiner Schwester, und Moni. Anschließend aßen wir die leckeren Kekse und unterhielten uns. Abends brachten wir schließlich Moni nach Hause.

„Was sind das für Kreaturen?“ Oswin zeigte auf ein Auto.

Mein Bruder lachte. „Das sind Autos, die sind nicht lebendig, das sind Maschinen.“

„So was haben wir bei uns nicht“, sagte der Sechsjährige ein bisschen verwirrt. Er kannte manche Dinge einfach nicht, und erst da fiel mir auf, wie wenig er von unserer Welt wusste.

„Tschüss, Oswin, wir sehen uns bestimmt bald wieder!" Wir waren vor Monis Zuhause angekommen. Meine beste Freundin umarmte mich zum Abschied und ging in ihr Haus.

„Können wir nicht teleportieren?", nörgelte Edwin.

„Oswin will das normale Leben mitkriegen und nicht das, was er von uns am besten kennt", sagte ich nur.

„Für uns gehört das aber auch zum normalen Leben", versuchte Edwin, mich zu überzeugen.

„Wo wohnt eigentlich Jan?", fragte Oswin neugierig.

„Direkt neben unserem Haus, Jan ist unser Nachbar", erklärte ich ihn.

„Dürfen Edwin und ich ihn kurz besuchen?", fragte er mich.

„Warum?", wollte ich wissen. Wenn sie wegen mir mit ihm reden wollten, würde ich garantiert Nein sagen. Ich war 16 und musste auch mal was alleine schaffen.

„Bitte, Jessy!", flehte Edwin.

„Ich will ihn aber nicht sehen!", fauchte ich.

„Das glaub ich dir nicht! Das glauben wir dir nicht", sagte Edwin und bezog Oswin mit ein.

„Er will mich auch nicht sehen", versuchte ich sie zu überzeugen, doch sie gaben nicht nach, also tat ich es. „Na gut", erlaubte ich.

Die beiden Jungs klingelten an Jans Haustür. Er öffnete, und als er uns sah, wirkte er verwirrt und sein Lächeln verschwand. „Hey, Oswin und Edwin. Jessica." Er nickte mir mit verletztem Blick zu.

„Hey, Jan, äh, dürfen Oswin und ich vielleicht reinkommen?"

„Warum?"

„Bitte wir wollen nur mit dir reden", sagte Edwin.

„Ihr geht nicht alleine. Wenn du und Oswin zu Jan geht, komme ich mit", stellte ich klar.

„Wieso? Was willst du hier? Mich verletzen? Dazu brauchst du nicht extra reinzukommen!" Jans Blick wurde kalt und herzlos.

Mir kamen die Tränen. „Jan ...", fing ich an, doch meine Worte wurden von meinem Schluchzen unterbrochen.

„Ich brauche einfach noch Zeit, viel Zeit, und ich will dich gerade einfach nicht sehen!"

„Bitte", schluchzte ich. Ich sah ihm in die Augen und einen kurzen Augenblick erwiderte er meinen Blick, dann schaute aber dann schnell weg. Tränen überfluteten meine Augen und ich konnte kaum noch etwas sehen. „Freunde müssen sich verzeihen können!", schrie ich ihn an.

„Freunde müssen sich aber auch vertrauen können, und das kann nicht mehr, dir vertrauen."

„Ich habe dich nie angelogen, außer einmal, und du misstraust mir schon?"

„Du hast mich nicht nur angelogen, sondern auch verletzt. Ich habe das Gefühl, als hättest du mir mein Herz in 1000 Stücke gerissen!", fauchte er. „Ich war immer für dich da! Ich habe dich getröstet, dich geliebt und ich dachte, du würdest mich ebenfalls lieben. Du hast mich geküsst und hast dabei an Rick gedacht. Ich war für dich da und er nicht!"

Jetzt wurde ich richtig sauer. „Rick wurde gefangen gehalten! Hat Edwin mich etwa auch hintergangen, weil er abgehauen war, um uns allen zu helfen? Hat er mich etwa alleine gelassen, nur weil er gefangen genommen wurde?", brüllte ich unter Tränen. Ich wartete auf keine Antwort. In diesem Moment war mir alles egal: Edwin, Jan oder Oswin. Ich wurde unsichtbar und teleportierte mich an einen Ort, wo ich immer willkommen war: bei Rick zu Hause.

„Jessica!", rief Rick erschrocken, als ich auf einmal in seinem Wohnzimmer stand. Vor lauter Tränen und der Kraft, die mir beim Teleportieren geraubt worden war, gaben meine Knie nach, und kurz bevor ich auf den Boden aufprallen konnte, waren schon Ricks starke Arme unter meinen und er hielt mich ganz fest. Er trug mich zu seinem Bett und setzte mich auf seinen Schoß. „Was ist los?", fragte er sanft.

Da ich nicht antworten konnte, zog ich ihn zu mir und küsste ihn.

***

„Es tut ihr doch leid!", brüllte Edwin.

„Mir aber nicht!", sagte Jan kalt.

„Seit wann bist du so herzlos?", fragte Oswin traurig.

„Sie war es doch, die mich verletzt hat! Warum hackt ihr alle auf mir rum?" Jan schlug die Haustür vor ihnen zu, doch Oswin teleportierte in das Wohnzimmer des Älteren.

„Das ist mein Haus!", fauchte Jan wütend.

„Und wir sind Freunde! Außerdem bist du jeden Samstag in meinem Haus!", erinnerte Oswin ihn. Der Sechzehnjährige schnaubte. „Wir sind doch Freunde, oder?", fragte Walesas Sohn unsicher nach.

Erst als er diese Unsicherheit sah, wurde Jans Blick wieder klarer. „Ja ... aber ...", fing er an.

„Es gibt kein Aber!", sagte Oswin schnell. „Lass Edwin rein. Er ist viel zu nett, um sich einfach hierher zu teleportieren. Er ist auch dein Freund, vergiss das nie!", rief Oswin, als Jan sich noch immer nicht bewegte.

„Es tut mir leid, Oswin, aber ich würde gerne alleine sein. Könntest du bitte gehen", bat er, während er den Jungen zur Tür schob und diese öffnete.

Tatsächlich ging der Jüngere, ohne noch ein Wort zu sagen.

Die beiden jungen Elects gingen zu Edwin nach Hause und sagten, dass Jessica noch bei Jan wäre. „Wir müssen meiner Schwester doch irgendwie helfen!" Edwin schloss seine Zimmertür und setzte sich auf sein Bett.

„Wo ist sie eigentlich?", fragte Oswin. „Bei Rick?"

„Jessica? Bitte rede mit mir, sag mir wenigstens, wo du bist!", versuchte Edwin, sie in Gedanken zu erreichen. Edwin konnte ihre Gefühle spüren und wusste, dass sie bei Rick war. Seine

Schwester war aufgewühlt, traurig und wütend. Er wusste, sie und Rick küssten sich gerade, denn wenn seine Schwester Rick küsste, fühlte sie immer das Gleiche: Liebe, Schutz und Geborgenheit. Er konnte alles spüren, was sie fühlte, aber nur, wenn er sich darauf konzentrierte, wie es ihr ging.

„Jan kann Jessicas Gedanken lesen, warum liest er dann nicht, wie leid es ihr tut?“, fragte sich Edwin.

„Weil Jessica ihre Gedanken schon einmal vor ihm verbergen konnte, er würde nicht mehr glauben, was sie denkt“, antwortete Oswin traurig.

„Es tut mir leid, Oswin, ich wollte ein echt tolles Wochenende mit dir haben, aber sie ist meine Schwester, und wenn sie traurig ist, kann ich nicht glücklich sein“, sagte Edwin traurig.

„Hey, wir sind Freunde, wir halten immer zusammen“, erklärte Oswin lächelnd.

***

„Soll ich mal mit Jan reden?“, fragte mich Rick. Wir lagen zusammen auf seinem Bett, ich in seinen tröstenden Armen, die mir Liebe, Schutz und Geborgenheit vermittelten.

„Er würde dich nicht sehen wollen“, vermutete ich.

„Jessica, es hat mal eine Zeit gegeben, in der ich mit Jan befreundet war.“ Er sah mich traurig an.

„Ich weiß“, gab ich ebenso traurig zurück.

„Er ist verletzt, es ist normal, dass er sich zurückziehen will, aber du und er habt eine Verbindung, die über reine Freundschaft hinausgeht. Ihr seid wie Geschwister“, brachte Rick es auf den Punkt.

„Ja und?“

„Überlege mal, wie oft du und Edwin euch gestritten habt.“ Er sah mir in die Augen.

„Zu oft. Ich hasse es, mich mit ihm zu streiten. Ich weiß, es versteht keiner, was für eine Verbindung ich zu meinem Bruder habe, aber ich will das bisschen Kind in ihm bewahren, und er will unbedingt erwachsen sein. Er hat nur 13 Jahre, um ein Kind zu sein, und über 900 Jahre ist er erwachsen. Wie kann er dann schon als Achtjähriger sich wie ein Erwachsener verhalten?“ Ich kuschelte mich mehr in Ricks Arme.

„Dein Bruder will ein Krieger sein. Er versucht dich zu beschützten, denn irgendwann wird er es tagtäglich tun, dich beschützen“, versuchte mein Freund mir zu erklären.

„Ich weiß, aber es macht mir trotzdem Angst, genauso wie bei Oswin. Edwin will immer noch ein *full-time-Elect* werden, und zwar noch dieses Jahr.“ Mir kamen wieder die Tränen.

„Geh du nach Hause, ich werde heute Abend zu dir kommen, nachdem ich mit Jan geredet habe“, versprach er. Rick beugte sich runter und küsste mich. Ich erwiderte seinen Kuss nur allzu gerne und dachte für einen Moment mal nur an unsere Beziehung. Ich blendete Jan, Oswin und sogar Edwin einfach aus und gab mich Rick hin. Viel zu schnell ging der Kuss zu Ende. Rick löste sich von mir und zog mich auf die Beine. „Wir sehen uns dann nachher.“ Bevor ich was erwidern konnte, war er schon weg.

***

Rick stand vor Jans Haus und klingelte. Jan öffnete die Tür, als er den anderen jedoch sah, wollte er sie gleich wieder zuschlagen, doch der Krieger stellte seinen Fuß in die Tür. „Ich will nur mit dir reden“, bat Rick.

„Ich wollte Jessica nicht so anfauchen, du musst sie nicht vor mir beschützen“, sagte Jan traurig.

„Ich will, dass Jessica glücklich ist, und das kann sie ohne ihren besten Freund, Bruder und Nachbar einfach nicht“, erklärte der Achtzehnjährige.

„Das geht dich nichts an, nur Jessica und mich“, meinte Jan.

Rick sah Tränen in seinen Augen, also tat es ihm wohl doch

leid. „Ich habe Jessica Schutz geschworen, also geht es mich sehr wohl etwas an, genauso wie es auch Edwin etwas angeht", widersprach er.

„Es tut weh, sie zu sehen", gab Jan zu.

„Ich will sie dir nicht wegnehmen und ich leugne auch nicht, dass sie einen Fehler gemacht hat, aber sie braucht dich, und du bist ohne sie doch auch nicht glücklich."

„Ich weiß, am liebsten würde ich wollen, dass sie vergisst, dass ich sie liebe. Alles könnte so sein wie damals, aber das Leben ist nun mal nicht einfach, vor allem nicht das Elect-Leben!", entfuhr es dem Jüngeren, ohne dass er es wollte.

„Nein, ist es nicht, aber mit einer besten Freundin, der man verzeihen kann, wird das Leben etwas einfacher und vor allem fröhlicher. Vielleicht findest du irgendwann jemanden, mit den du die Liebe teilen kannst. Dein Liebesleben ist nicht vorbei, nur weil sie deine Liebe nicht erwidert. Du wirst irgendwann eine Frau finden, der du dann Schutz und Treue schwören kannst", erklärte Rick tröstend.

„Wen denn? Ich kenne die Elects aus meinem Jahrgang, aber ich liebe davon nur Jessica!", zweifelte der andere.

„Das Schöne am Elect-Leben ist, dass wir irgendwann alle gleich alt sein werden. Das hört sich vielleicht im sterblichen Sinne blöd an, aber es gab im Elect-Leben Paare, die Hunderte von Jahren auseinander waren, mit 22 Jahren werden sie immer rein äußerlich gleich alt sein, deswegen könnte deine Freundin jetzt noch ein Kind sein und später deine Geliebte", versuchte Rick, den anderen aufzumuntern.

„Stimmt, deswegen wird Edwin es sich auch irgendwann zur Aufgabe machen, seine Schwester zu beschützen, weil er und sie wie Zwillinge sein werden, gleich alt und Geschwister." Jan lächelte jetzt. „Danke, Rick", sagte er aus ganzem Herzen.

„Hey! So etwas tun Freunde doch füreinander", sagte lachte Rick und boxte Jan gegen die Schulter.

***

Mittlerweile war es bereits Abend und Oswin und Edwin waren zusammen im Zimmer meines Bruders, während ich auf Rick wartete. Es war aber nicht mein Freund, der sich in mein Zimmer teleportierte, sondern Jan. „Jan!", rief ich erfreut.

„Es tut mir leid, Jessica!" Er nahm mich in die Arme, aber nicht als Verliebter, sondern als bester Freund.

„Ich habe dich vermisst!", murmelte ich während der Umarmung.

„Und ich dich, meine beste Freundin und Schwester!"

Bei seinen Worten wurde ich überglücklich. „Verzeihst du mir?", fragte ich unter Freudentränen.

„Wenn du mir verzeihst", sagte er.

„Ja!", riefen wir beide gleichzeitig.

Lange jedoch konnte Jan nicht bleiben, er musste nach Hause, deswegen machte ich das Abendessen. Meine Schwester Stefanie kam die Treppe runter. „Es gibt Essen", erinnerte ich sie.

Sie drehte sich zu mir um und funkelte mich böse an. „Denk nicht, dass ich mit euch kleinen Kindern essen werde. Torben schmeißt 'ne Party und dort werde ich sein, wenn du mit den kleinen nervtötenden Kindern zu Abend isst", gab sie lachend zurück.

„Was ich dir schon lange mal sagen wollte: Du bist seit Dads Tod die größte Bitch, die ich kenne. Früher haben wir beide zusammen Sachen gemacht!"

Ich war so wütend, dass ich einen kleinen Tornado auf sie losschickte, der ihre Frisur zerstörte.

„Wusste ich's doch, du bist 'ne Hexe!", schrie Stefanie.

„Ich? Nein, wohl eher du", sagte ich, lachte und ging Richtung Küche. „Ach übrigens, es wird dir keiner glauben, wenn du erzählst, ich hätte den Wind auf dich losgelassen." Ich schlug die Küchentür hinter mir zu. Glücklich, dass ich meiner Schwester gezeigt hatte, dass sie sich nicht gegen mich anlegen sollte, machte ich weiter das Abendessen. Es gab Lasagne, lecker!

Mom kam in die Küche. „Hey Schatz", begrüßte sie mich.

„Hey Mom", sagte ich nur.

„Der Junge, Oswin, er redet so höflich und benimmt sich nicht wie ein Sechsjähriger. Er kommt wohl aus gutem Hause", meinte Mom.

„Oh ja, bei Oswin zu Hause zählt vor allem die Höflichkeit." Ich musste lächeln, als ich an unsere Schule, unser Zuhause, dachte.

„Sind die Jungs in Edwins Zimmer?", fragte meine Mutter.

„Ja." Ich lächelte immer noch. „Ich rufe die zwei mal zum Essen, denn ich bin gerade fertig geworden." Ich drückte Mom die Teller in die Hand und rannte die Treppe hoch zu Edwins Zimmer. „Hey, ihr zwei, es gibt Abendessen. Kommt ihr?"

„Was gibt's denn?", fragte Edwin.

„Lasagne", antwortete ich.

„Schön, ich liebe Lasagne!", rief Oswin begeistert.

Wir gingen runter ins Esszimmer. Für Edwin und mich war es ungewohnt, sich beim Essen mit Worten statt Gedanken zu unterhalten, aber nun machten wir eine Ausnahme.

„Was machen deine Eltern beruflich?", fragte Mutter unseren Gast.

„Mein Dad ist Lehrer und meine Mom Schulleiterin", antwortete er, ohne zu zögern.

„Schulleiterin, wow, das muss ziemlich aufregend sein", sagte Mom.

„Ja." Oswin wusste nicht, was er sagen sollte.

„Seine Mutter holt ihn übrigens morgen um 16 Uhr ab", erinnerte ich meine Mutter.

„Ok, gut. Hast du eigentlich Geschwister, Oswin?", fragte Mom weiter.

„Nein, aber viele Freunde, die in meiner Nähe wohnen."

„Genauer gesagt ein Stockwerk unter ihm", dachte ich. Moms Fragen nervten mich, meine Güte, in den Augen Sterblicher war Oswin sechs Jahre alt, da fragte man so etwas doch nicht! Fand ich zumindest.

Nach den Essen schauten Edwin, Oswin und ich noch gemeinsam einen Film in meinem Zimmer. Unser Gast stellte Tausende Fragen dazu und ich beschloss heimlich, nie wieder mit ihm einen Film zu schauen. Andererseits, woher sollte Oswin denn das alles wissen, ich nahm ihm die Fragerei auf keinen Fall übel. Als der Film zu Ende war, mussten die beiden Kleinen ins Bett. Oswin beklagte sich, dass es erst neun Uhr wäre, aber ich erinnerte ihn daran, dass er auf mich hören musste, also zog er sich um, putzte die Zähne und ging ins Bett.

Ich ging rüber in mein Zimmer, wo Rick auf meinem Bett lag und auf mich wartete. Er lächelte mich verführerisch an. „Was machst du hier?", fragte ich, während ich zu ihm ins Bett kroch.

„Ich habe mich doch angekündigt, weißt du nicht mehr?" Er begann mich zu küssen, sodass mir fast schwindelig wurde.

„Muss mir entfallen sein", lachte ich, während ich mich wieder zu ihm runterbeugte, um ihn erneut zu küssen.

„War Jan bei ...", weiter kam Rick nicht.

„Ja, aber lass uns jetzt nicht darüber reden, jetzt geht es um uns, aber danke." Ich küsste ihn wieder. Seine rechte Hand glitt unter mein T-Shirt und streichelte meinen Rücken. „Ich liebe dich!", flüsterte ich während unserer Küsse.

„Und ich liebe und beschütze dich, Jessica Willington", sagte er in seinem süßen Kriegerton.

„Auf ewig."

„Auf ewig", wiederholte er.

Ich stand auf, schloss meine Zimmertür ab und kuschelte mich wieder zu Rick ins Bett. Er versprach, die ganze Nacht zu bleiben. Wir küssten uns und genossen das Gefühl, den anderen spüren zu können. Nach einiger Zeit war ich eingeschlafen in Ricks schützenden Armen ...

Als ich am nächsten Morgen aufwachte, war mein Freund verschwunden. Ein Zettel lag auf der Seite des Bettes, wo er gelegen hatte.

*Ich hatte versprochen, nicht zu gehen, aber ich wurde als Krieger gerufen, ich muss in die School of the Elect, meine Pflicht ruft. Ich werde heute Abend wieder nach dir sehen. Sei bitte nicht sauer. Ich liebe dich.*
*Rick*

Er hatte eine echt schöne Schrift, fand ich. Natürlich war ich nicht sauer auf meinen Krieger. Er hatte seine Pflichten zu erfüllen. Ich stand auf und zog mich an. Es war bereits zehn Uhr. Ich hatte echt lange geschlafen. Anschließend ging ich runter ins Wohnzimmer, wo Edwin und Oswin auf dem Sofa saßen und Wii spielten. Wii? Bei diesem Anblick musste ich lächeln. Es hatte was ganz Normales, Wii zu spielen, und etwas ganz Kindliches. Es machte mich ziemlich glücklich, die beiden Jungen so zu sehen, als wären sie normale Kinder.

„Hey, Jessy!“, rief mein Bruder zur Begrüßung, als er mich sah. „Willst du mitspielen?“

„Nein danke, ich frühstücke erst mal, seit wann seid ihr wach?“, fragte ich. Ich wusste, dass Oswin in der *School of the Elect* immer um fünf oder sechs Uhr aufstand. Ein schrecklicher Gedanke, am Wochenende so früh aufstehen zu müssen.

„Oswin ist seit sechs Uhr wach“, antwortete Edwin. „So früh könnte ich nie aufstehen.“

Ich ging in die Küche und machte mir ein Brötchen mit Honig. Ich hörte die beiden im Wohnzimmer lachen und freute mich darüber, wie normal in diesem Augenblick alles war.

„Gehen wir heute in den Park? Ich würde Oswin gerne mal die Natur zeigen“, bat Edwin, nachdem ich fertig gefrühstückt hatte.

„Park? Was Spannenderes fällt dir nicht ein?“, fragte ich sarkastisch.

„Bitte, Jessy!“, flehte Edwin.

„Meinetwegen, aber wie wäre es, wenn wir einfach an den Rhein gehen?“, schlug ich vor.

„Rhein? Das ist doch langweilig“, erwiderte mein Bruder.

„Aber Park, ja?", gab ich zurück. „Wir könnten Eis essen gehen", überlegte ich.

„Ok, überzeugt", sagte Edwin und gab sich geschlagen.

„Ich hole Geld und meine Buskarte. Ihr wartet hier und zieht euch Schuhe an." Ich rannte die Treppe hoch in mein Zimmer und holte meine Handtasche, in der ich mein Portemonnaie hatte. Weit mussten wir nicht laufen, nachdem wir das Haus verlassen hatte, die Bushaltestelle war nur wenige Meter entfernt. Der Bus kam hier immer im Zehnminutentakt, so mussten wir nicht lange warten. Oswin war fasziniert vom Busfahren, was nur schwer vorstellbar war. Ich persönlich hasste es wie die Pest.

Der Bus hielt kurz vor meiner Lieblingseisdiele. Ich bestellte einen Schokobecher, genauso wie Edwin, und Oswin nahm einen Pfefferminzbecher, nicht ganz so mein Geschmack, aber Hauptsache ihm schmeckte es. Zufällig trafen wir in der Eisdiele Moni, die mit Jan dort war. Ich umarmte beide zur Begrüßung und war glücklich, dass mit Jan alles wie vorher war. Was auch immer Rick zu Jan gesagt hatte, es schien ihn überzeugt zu haben, mir zu verzeihen.

„Sie ist glücklich, und ich bin glücklich, wenn sie glücklich ist", las ich Edwins Gedanken. Er schien es bemerkt zu haben, denn er schaute lächelnd zu mir.

„Ich habe dich lieb", dachten wir beide gleichzeitig.

Am Nachmittag kam Walesa, um Oswin abzuholen. Mom unterhielt sich lange mit ihr, was mir ein bisschen Sorgen machte, aber ich glaubte, meine Schulleiterin hatte kein Problem, irgendwelche Fragen zu beantworten, schließlich hatte auch sie mal in dieser Welt gelebt, vor 500 Jahren.

„Danke, dass du gut auf Oswin aufgepasst hast, Jessica", bedankte sich Walesa.

„Klar doch, aber ich denke nicht, dass Oswin noch einmal die Möglichkeit haben wird, hierherzukommen."

Meine Mutter war wieder ins Haus gegangen, sonst hätte ich das bestimmt nie sagen können.

„Ihr habt euch also entschieden?“, fragte Walesa ernst.

„Ja, Edwin und ich sind uns einig. Nach der Wahl würden wir gerne *full-time-Elects* werden“, erklärte ich.

Oswin schaute mich erschrocken an.

„Ja, ich mag mein Leben hier einfach nicht, es ist nicht normal, also will ich auch nicht so tun als ob“, stimmte Edwin mir zu.

„Der Sonntag nach der Versammlung? Ist das euer Termin?“, wollte Walesa wissen.

„Ja“, sagten wir beide gleichzeitig.

„Der Termin steht, ich werde mit euren Mentoren darüber sprechen, da sie beim Zauber dabei sein müssen. Ich weiß, dass ihr euch nicht übereilt entscheidet, und somit akzeptiere ich eure Entscheidung. So, jetzt müssen Oswin und ich aber los. Wir sehen uns am Samstag“, verabschiedete sie sich.

„Tschüss!“ Oswin umarmte mich zum Abschied.

„Wir sehen uns“, rief ich ihnen hinterher, bevor sie um die nächste Ecke bogen. Edwin und ich gingen wieder ins Haus und dachten an den schönen Tag zurück. Dies würde unsere letzte Woche sein, die letzte Woche in der normalen Welt.

# Die Nachfolge

Ich hatte mich jeden Tag mit meinen Freunden getroffen, mich wie ein Streber mit meinen Lehrern unterhalten und jeden Tag meiner Mutter im Haushalt geholfen. Jetzt war es Samstagmorgen und Edwin und ich würden in einer Stunde in die Schule gehen. Mir war etwas mulmig zumute, auch wenn ich wusste, dass dies das Richtige war. Morgen würden wir als *full-time-Elects* in der Schule aufgenommen werden und unserer realen Welt für immer den Rücken kehren. Es war nur ein schwacher Trost, dass ich immer noch Moni, meinen Bruder oder Jan sehen würde. Sie würden sich an mich erinnern und mich kennen, alle anderen würden mich ganz einfach vergessen. So als hätte es mich in der realen Welt nie gegeben.

Ich hatte schon ein paar Sachen zusammengepackt, denn alles, was ich nicht mitnahm, würde sich in Luft auflösen und wäre für immer unauffindbar. Trotzdem musste ich aufpassen, nicht jetzt schon zu viel einzupacken, denn wenn Mom ins Zimmer käme und meine Sachen zum Teil verschwunden wären, würde sie misstrauisch werden, deshalb packte ich den Großteil meiner Sachen erst kurz vor dem Zauber. Die Schule begann erst um acht, also hatte ich noch eine ganze Stunde Zeit.

Ich ging in Edwins Zimmer. Er hatte seinen großen Koffer mit einem Unsichtbarkeitszauber belegt, sodass Mom ihn nicht sah. „Hey, Großer." Ich setzte mich auf sein Bett und schaute ihn lange an.

„Frühstücken wir?", fragte er leise. „Das vorletzte Mal hier in diesem Haus?", fügte er hinzu.

Ich nickte lächelnd. Samstagmorgens war bei uns zu Hause meistens nie jemand außer Edwin und ich wach. Ich deckte den

Tisch, während mein Bruder sein Schwert zurechtrückte. Ich hob eine Augenbraue. „Ich brauche das, ich bin Jungkrieger", sagte er nur. Wir genossen unser Frühstück und redeten in Gedanken miteinander.

„Hast du keine Angst wegen morgen?", fragte Edwin.

„Nein, du?"

„Bisschen, ich meine, schließlich verlasse ich meine Freunde und meine Mom", gab er zu.

„Wir werden es an unserer Schule gut haben, wir haben freie Auswahl, was die leer stehenden Häuser betrifft. Stell dir das doch mal vor, wir beide leben zu zweit in einem eigenen Haus in unserer Heimat." Bei dem Gedanken musste ich lächeln.

„Ich weiß, es ist schon voll cool, aber ich werde Mom trotzdem vermissen", meinte er.

„Wir leben 1000 Jahre, Edwin, in hundert Jahren wäre sie eh nicht mehr da und in zwei und bei dir in zehn Jahren hätten wir sie eh verlassen müssen. Wir werden darüber hinwegkommen", tröste ich ihn.

„Ich weiß. Und wir haben ja immer noch uns." Edwin lächelte mich glücklich an.

„Auf immer und ewig", gab ich ebenso lächelnd und glücklich zurück.

In der *School of the Elect* war alles atemberaubend schön geschmückt. Überall hingen Girlanden und Lichter. Walesa meinte, dass an so einem wichtigen Tag immer alles geputzt und geschmückt wurde zu Ehren der neuen Schulleiterin oder des neuen Schulleiters. Natürlich hatten wir alle keinen Unterricht, sondern würden zusammen die Versammlung besuchen und schauen, wer neue Schulleiterin oder Schulleiter wurde, schließlich könnte es jeden der Schule treffen, ok, auf jeden Fall alle unter 18 könnten es werden. Edwin und ich waren auf dem Weg zur Turnhalle. Oswin und Jan kamen uns entgegen. „Hey, ihr zwei, na schon aufgeregt?", fragte Jan, der mich zur Begrüßung umarmte.

„Ja schon, so etwas ist, glaub ich, für jeden aufregend, vor allem, wenn man es schon als Minderjährige erleben darf", meinte ich. Vor der Turnhalle sah ich ein kleines Mädchen, das verwirrt aussah und irgendwie traurig. Ich erkannte es, es war Lucys Patenkind Ina, eine kleine Fünfjährige, die am ersten Tag hier in der Schule so glücklich gewesen war. Ich ließ die anderen drei stehen und ging zu dem kleinen Mädchen hin.

„Hallo, Ina, kennst du mich noch? Ich heiße Jessica, wir sind uns an deinem ersten Tag begegnet", erinnerte ich sie.

„Ja, ich erinnere mich", sagte sie traurig.

„Tut mir leid, dass mit deiner Patin ... Lucy war eine meiner Freunde und es ist sicher nicht leicht für dich", sprach ich aus, was ich dachte.

„Ah, hallo, Jessica. Du und Ina habt schon Bekanntschaft geschlossen? Prima, denn ich würde dich bitten, ein zweites Patenkind aufzunehmen, da Oswin sowieso mit allem hier vertraut ist, und wir zehn neue Kinder haben, die einen Paten benötigen. Würdest du Inas Patenschaft übernehmen?", fragte mich Walesa.

„Bleibt Oswin weiterhin mein Patenkind?", wollte ich wissen.

„Ja, natürlich." Meine Schulleiterin lächelte.

„Dann freue ich mich darüber, deine Patin zu sein, kleine Ina", wandte ich mich an das Mädchen.

„Danke", sagte Ina leise. Sie lächelte nun.

„Edwin, ich würde dich ebenfalls bitten, einen Paten anzunehmen. Da du ab morgen eh ein *full-time-Elect* bist, darfst du auch schon mit acht dein erstes Patenkind haben", bat Walesa meinen Bruder.

„Ein Patenkind? Cool, wie heißt er oder sie denn?", fragte er glücklich.

„Tom Schiller", antwortete Walesa, „Er war ein gestohlener Elect und ist nun wie du *full-time-Elect*", erklärte Oswins Mutter.

„Klar nehme ich die Patenschaft an mich. Wie alt ist Tom denn?", wollte er neugierig wissen.

„Er ist einer unseren Jüngsten, gerade erst fünf geworden",

sagte Walesa. „Ich muss jetzt gehen, ich stelle dir ihn nachher nach der Versammlung vor, Edwin. Wir sehen uns dann dort." Sie verschwand im Schulgebäude.

Auch wir machten uns wie der Großteil der Elect-Schüler auf den Weg zum großen Versammlungssaal im dritten Stock. Ich nahm Ina an die Hand. Der Versammlungssaal war riesig. Es war nicht derselbe wie beim letzten Mal, nein, dieser war für die Schüler gedacht. Auf dem Podest des Saals waren nur zwei Stühle, einer für Walesa und einer für ihre Nachfolgerin oder ihren Nachfolger. Ich setzte mich mit Ina, Edwin, Jan und Oswin in die erste Reihe. Hier saßen normalerweise wir acht, aber Ina war mein Patenkind und durfte auch hier sitzen.

Plötzlich umfassten mich zwei starke Arme und zogen mich auf die Beine. Rick strahlte mich an und küsste mich. „Hey!"

Ich kuschelte mich an ihn und genoss seinen Atem und seinen Geruch.

„Ich glaube immer noch, dass du Nachfolgerin wirst", flüsterte er mir ins Ohr, sodass nur ich es hören konnte.

„Wir werden es bald erfahren, aber jetzt geh auf deinen Platz, die Versammlung fängt gleich an", flüsterte ich ihm zu.

„Ich werde dich vermissen", sagte er, während er sich umdrehte und nach hinten auf seinen Platz ging.

Walesa betrat die Bühne und schaute in die Menge, bevor sie sich räusperte und höflich jeden aufforderte, seinen Platz einzunehmen: „Willkommen, meine Kinder, willkommen zu so einem wichtigen Ereignis, das nur wenige in so jungem Alter erleben dürfen, dass man sogar in der Auslosung steht und es werden könnte. Jeder hier hat sich für das Gute entschieden, für das Glück und die Liebe. Zuerst möchte ich unsere zehn neuen Elect-Kinder offiziell willkommen heißen und ihnen einen Paten zuteilen", sagte sie, machte eine kurze Pause und schaute in die Runde. „Ich werde unsere zehn Neuen aufrufen. Jeder, der aufgerufen wurde, kommt bitte zu mir und wird seinem Paten offiziell zugeteilt. Die Paten wissen, dass sie euch als Patenkinder bekommen, aber weder ihr noch sie kennen sich. Zuerst bitte ich Tom Schiller zu mir nach vorne zu kommen."

Ein kleiner Junge stand ängstlich auf und ging langsam nach vorne zu Walesa „Tom ist fünf Jahre alt und seit vier Wochen ein Elect, eine Woche älter als unsere gewöhnlichen Erstklässler, da sie eine Woche vor der offiziellen Erwählung gestohlen wurden. Tom hat sich für das Gute entschieden und wird wie jeder andere Elect behandelt." Jetzt wandte sich Walesa dem kleinen Jungen zu. „Dein Pate wird Edwin Willington sein. Edwin ist ab morgen genau wie du ein *full-time-Elect*. Edwin, kommst du bitte nach vorne."

Der Achtjährige stand auf und ging zu Walesa und dem Jungen. „Hallo Tom, ich bin Edwin, du brauchst keine Angst zu haben, ich werde mich gut um dich kümmern", stellte mein Bruder sich vor.

„Du bist Jasons Bruder, du hast uns mit deiner Schwester die Wahl gelassen ... Ich vertraue dir", sagte Tom leise.

Edwin strahlte. „Danke! Herzlich willkommen in der *School of the Elect*. Willst du mit mir kommen? Neben mir ist extra für dich noch ein Platz frei", bot er seinem Patenkind an.

Ich war stolz auf meinen Bruder. Mit seinen acht Jahren hatte er keinerlei Hemmungen vor so vielen Leuten zu sprechen, die hatte ich zwar auch nicht, aber ich war auch schon älter. Tom ging zusammen mit Edwin zu seinen Platz und wirkte gar nicht mehr so ängstlich wie zuvor.

Danach wurde ein kleines Mädchen namens Eve Fehres aufgerufen. Sie hatte lange hellbraune Haare und wirkte nicht so ängstlich und allein wie Tom. „Eve, deine Patin ist seit heute ebenfalls eine Zweitpatin. Wir brauchen Paten, die auch zwei Kinder haben können, deswegen bekommen heute viele Elects ein Patenkind, die schon eins haben oder in ein paar Jahren noch eines bekommen werden. Deine Patin ist Elisabeth."

Elly kam aufs Podest und schüttelte der Kleinen die Hand. „Nenn mich Elly, so nennt mich hier jeder", sagte sie freundlich.

Ein Mädchen mit kurzen schwarzen Haaren wurde aufgerufen. Sie hieß Jane Alert und war auch fünf Jahre alt. Sie bekam den neunjährigen Robin als Paten. Nach ihr war ein Junge an der Reihe. Andy Notary wirkte wie sieben, war aber erst wie die anderen fünf. Sein Pate wurde Jaden, der glücklich strahlte und Andy mit zu seinem Platz nahm. Nils Pardon bekam die siebenjährige Nelly als Patin. Nelly war die bisher Jüngste, die ein Patenkind bekam. Nun kamen die fünf Sechsjährigen. Sarafina June, das Mädchen, das während des Krieges zuerst die Wahl getroffen hatte, bekam Paulina als Patin. Paulina war 13 Jahre und ein *full-time-Elect.* Jonah Liebings wurde der ebenfalls 13-jährigen Lilly anvertraut und Aladin Höhne bekam John als Paten. Lars Hieber wurde Lucas und David Miller Svenjas Patenkind.

„So, jetzt hat jedes Kind seinen Paten. Einen Paten zu haben ist anders, als wenn man schon einen Mentor hat. Mentoren beantworten entscheidende Fragen und Paten werden oft zu Freunden und sie zeigen ihren Schützlingen alles, was hier bei uns wichtig ist. Ihr könnt eure Paten alles fragen. Sie werden für euch da sein und versuchen, eure Fragen zu beantworten." Walesa schaute in die Menge und versuchte, so viele Blicke wie möglich zu erwidern. „So jetzt kommen wir zu unserem Höhepunkt dieses Tages: Wer wird neue Schulleiterin oder neuer Schulleiter? Die Stimme, die euch erwählt hat, hat auch meinen Nachfolger erwählt und mir diese Entscheidung bereits mitgeteilt. Ich kann nur sagen, dass mein Nachfolger auf jeden Fall auch eine perfekte Schulleiterin oder ein perfekter Schulleiter sein wird."

In der Menge wurde gemurmelt, ich hörte oft Oswins Namen.

„Ich weiß dass einige von euch denken, dass Oswin", Walesa machte eine kurze Pause, „euer neuer Schulleiter wird, aber ich muss euch sagen, dass die Wahl für den Nachfolger nichts, absolut gar nichts mit den Genen zu tun hat. So viel verrate ich schon, Oswin wird nicht euer Schulleiter sein." Walesa schaute zu ihrem Sohn. „Du bist gerecht und fair, Oswin, aber diese Stelle steht jemand anderem zum", sagte sie kurz zu ihm, bevor sie sich wieder an uns alle wandte. „Niemand wird zu diesem Amt gezwungen. Derjenige, der auserwählt wird, wird persönlich gefragt, ob er dieses Amt annehmen möchte. Keiner von euch muss da alleine durch, ich werde euch auch, wenn ich meinen Platz abgebe, unterstützen und im Elect-Dorf zusammen mit meinem Mann und meinem Sohn leben. Das heißt, ich werde euch helfen, in dieses Amt reinzukommen." Sie lächelte in die Menge. „Der nächste Schulleiter wird wieder eine Schulleiterin, somit sind die Jungs leider raus. Meine Nachfolgerin hat ein gutes Herz und wird in Zukunft fair und gerecht entscheiden. Ich habe ein gutes Gefühl, dieser Person meinen Job zu überlassen, die Aufgabe, das Beste für euch zu entscheiden. Auch wenn sie erst in zehn Jahren Schulleiterin wird und viele von euch da schon nicht mehr hier zur Schule gehen, werden wir sie nicht vergessen. Schulleiterin ist nicht nur Schulleiterin. Sie ist eine Art Königin, sie ist das Oberhaupt der Elects, und somit auch über alle, die nicht ihre Macht abgeben", erklärte Walesa. „Unsere neue Schulleiterin heißt ... Jessica Willington!"

Applaus ertönte sowie Jubel. Ich realisierte erst Sekunden später, dass ich die nächste Schulleiterin werden würde. Ich Schulleiterin? Ich, Jessica? Ich konnte es kaum fassen! Ich wurde von meinem Bruder umarmt und von überall kamen Glückwünsche. Ich stand auf, meine Beine fühlten sich wie betäubt an, und ging nach vorne aufs Podest.

„Jessica Willington, nimmst du deine Berufung als nachfolgende Schulleiterin an?", fragte mich Walesa.

Ich drehte mich zu der Menge um. „Ja, ich nehme an!", rief ich glücklich.

Alle jubelten und klatschten begeistert. Dann ging Walesa plötzlich auf die Knie, verbeugte sich vor mir und der ganze Saal tat es ihr nach. Mein Herz klopfte vor Aufregung, jetzt war es im Saal mucksmäuschenstill. Ich ging vor, wo das Mikro stand, und begann zu sprechen. „Danke, danke, dass ich immer Freunde habe, die hinter mir stehen. Ich habe eine sterbliche Familie, doch habe ich nie sie, sondern schon immer euch als Familie angesehen. Ihr seid meine Familie, steht wieder auf und blickt gemeinsam mit mir in die Zukunft. Ich werde zukünftig nicht einfach immer alles entscheiden, sondern wie Walesa eure Entscheidungen an erste Stelle stellen, eure Entscheidungen, Wünsche und alles, was euch am Herzen liegt.“ Nachdem ich mit meiner kurzen Rede fertig war, brach wieder Jubel aus.

„Jessica, an dich haben viele Leute geglaubt, vor allem Rick, für euch beide wünsche ich, dass eure Liebe ewig hält. Jessica, unsere Schulleiterin, entscheide weise und bedacht und aus dir wird eine hervorragende Schulleiterin werden. Wir verbeugen uns vor dir, um dir unseren Respekt zu zeigen.“ Walesa verbeugte sich kurz und der Saal tat es ihr wieder nach.

Ich hatte Tränen in den Augen, so glücklich war ich.

„Alles Gute, Jessy“, rief mein Bruder, als die Versammlung sich aufzulösen begann. Er umarmte mich und weinte vor Freude. Es war meine überwältigte Freude, die er spürte und verkörperte.

„Danke, Edwin, dass du mein Bruder bist“, flüsterte ich.

„Du wirst ’ne tolle Schulleiterin werden.“ Er lächelte.

„Danke.“

„Jessica, alles Gute!“ Rick kam auf mich zu und schloss mich sofort in eine Umarmung. Ich erwiderte sie und küsste ihn.

„Meine Mom ist Schulleiterin und ihre Nachfolgerin ist meine Patin“, lachte Oswin. „Alles Gute!“ Auch er umarmte mich.

„Vielleicht hat es was mit dir zu tun“, überlegte Edwin.

„Nein, wohl kaum“, meinte Oswin lächelnd.

„Jessica ist zu gut, sie verkörpert das Gute“, schloss Jan sich an.

„Wie kann ich das Gute verkörpern, wenn ich doch so viele Fehler gemacht habe?“ Ich umarmte meinen besten Freund und er erwiderte meine Umarmung glücklich.

„Jeder macht Fehler, sogar ich habe schon viele Fehler in meinem Leben gemacht, aber nur, weil man Fehler macht, ist man nicht schlecht, oder?“

Meine Mentorin Alsuna und Walesa kamen auf uns zu. „Alles

Gute, Jessica." Alsuna umarmte mich. „Danke", sagte ich aus vollem Herzen. Auch mein kleines Patenkind Ina wünschte mir alles Gute, ebenso Nelly, Charles, Jaden und viele andere.

„Hi, Edwin, ihr seid nicht die Einzigen morgen, die *full-time-Elects* werden, meine Mom ist gestern gestorben, und jetzt habe ich niemanden mehr", sagte Jaden.

„Oh, Jaden, das tut mir leid. Was passiert mit deiner Schwester?" Wie konnte Jaden seine Schwester alleine lassen?

Da lächelte er etwas. „Walesa sagt, da Alina unser Geheimnis kennt, darf sie mit mir kommen und als Mensch in unserer Schule leben", erklärte er.

„Echt? Das ist ja schön", freute sich Edwin. „Also das mit deiner Schwester", berichtigte er sich schnell.

„Ja, das war mir schon klar." Jaden lächelte, auch wenn es traurig aussah.

Ich bekam noch von so vielen Glückwünsche, dass ich sogar das Schulende verpasste. Es war so ein schöner Tag.

Nach der Schule war ich bei Rick. Man hätte meinen können, dass ich die letzten Stunden bei meiner Familie sein wollte, doch dies würde mir den Abschied nur schwerer machen, also war ich bei Rick und Edwin bei Oswin.

„Meine Geliebte ist also meine neue Anführerin", stellte Rick fest. Wir lagen zusammen auf seinem Bett und redeten.

„Weißt du, wie bescheuert sich Geliebte anhört?", fragte ich spöttisch. Er lachte nur. „Und noch bin ich keine Schulleiterin, erst in zehn Jahren und das ist noch lange hin."

„Wenn du es mit den Lebensjahren der Elects vergleichst, ist das ziemlich kurz", lachte Rick.

„Die Jahre werden nicht kürzer, nur weil man länger lebt", gab ich zurück.

„Ganz wie du meinst."

„Und ich bin nicht deine Anführerin", sagte ich und kuschelte mich in seine Arme, „sondern deine Freundin und zukünftige Frau."

„Frau? Da habe ich aber auch ein Wörtchen mitzureden", meinte er ironisch.

„Na dann mal los, ich warte auf deinen Antrag."

„Wenn ich dir einen Antrag mache, dann garantiert nicht in Jogginghose, außerdem brauche ich dann erst mal einen Ring." Wir lachten beide.

„Scheiß auf den Ring oder die Jogginghose!" Ich küsste ihn.

„Oh Himmel, nein. Mein Antrag würde in Büchern und Zeitungen stehen, und wenn da steht Rick macht Jessica Heiratsantrag in Jogginghose und ohne Ring ... Bitte nicht." Jetzt lachten wir beide und verloren die Fassung.

„Ok, du hast gewonnen", gab ich lachend auf. Er küsste mich und zog mich enger an sich.

***

Er konnte es spüren, als sie es taten. Das Gefühl von Jessica überschattete Edwin. Der Achtjährige wusste nicht, was er von diesen Gefühlen halten sollte, aber er war froh, dass seine Schwester mit Rick glücklich war. Er selbst war gerade mit Oswin im Elect-Dorf, um Häuser zu besichtigen, denn seine Schwester hatte das Aussuchen des Häuschens ihm überlassen.

Gerade sahen sich die zwei das Haus mit der Nummer 48 an. Es war ein schönes Gebäude mit zwei Stockwerken. Im Erdgeschoss waren Wohnzimmer, Küche und ein geräumiges Bad. Der Flur war ebenfalls groß und hell. Das Wohnzimmer wurde vom Esszimmer mit einem Balkengestell getrennt. Überall hatte man viel Platz und alles war weiß gestrichen und von Licht durchflutet. Über eine große Steintreppe konnte man in den ersten Stock gelangen. Auch hier gab es ein großes Bad mit Dusche und Badewanne. Es gab ein Schlafzimmer und ein Gästezimmer, das perfekt für Moni wäre. Auch im zweiten Stock befanden sich ein Bad, ein Schlafzimmer und ein Büro sowie ein Abstellzimmer.

„Das ist perfekt für Jessica, hier könnte sie in ihrem Büro arbeiten, hätte Bad und Schlafzimmer gleich nebenan und aus der Abstellkammer könnte man einen Übungsraum für mich machen", überlegte Edwin laut.

„Das Haus ist perfekt", stimmte Oswin ihm zu. Das Beste war, dass die Häuser nichts kosteten, auch Wasser, Gas und Strom brauchte man nicht zu bezahlen.

„Das nehmen wir, ich liebe dieses Haus schon jetzt", sagte Edwin glücklich. Es war wirklich perfekt.

Die beiden Jungs gingen zu Rick zurück. Bevor sie klingelten, belauschte Edwin Gefühle und Gedanken seiner Schwester, damit sie sie nicht bei etwas störten. Er lächelte.

Oswin klingelte und Rick öffnete die Tür. „Hey ihr zwei. Jessica, dein Bruder will dich abholen!", rief der Krieger.

Die künftige Schulleiterin kam und lächelte verlegen. „Bin schon da!" Sie küsste Rick zum Abschied. „Wir sehen uns morgen. Wir haben ein Haus, Edwin?", fragte sie.

„Ja, es ist perfekt", sagte er lächelnd.

„Dann bis morgen, Oswin, Rick." Jessica nahm die Hand ihres Bruders und teleportierte mit ihm nach Hause.

# *full-time-Elect*

Zu Hause schlug ich meinen Koffer auf, denn schließlich musste ich noch in dieser Nacht meine Sachen in die *School of the Elect* bringen. Um ein Uhr würden Edwin und ich anfangen, unsere Zimmermöbel nach Miami zu teleportieren. Um eins deshalb, weil Mom nicht mitbekommen durfte, wie wir unsere Zimmer räumten, und sie immer schon lange vor ein Uhr schlafen ging. Ich öffnete meinen Kleiderschrank und räumte meine Klamotten in den großen Koffer, der daraufhin voll war. Na toll. Ich versteckte ihn unter meinem Bett. Da ich noch den ganzen Tag Zeit hatte, ging ich runter zu Mom. Sie saß in der Küche und las in einer Zeitschrift. „Hey, Schatz, wie geht es dir?", fragte sie.

„Gut, dir?"

Meine Mutter schaute erstaunt auf. Sie war es nicht gewohnt, dass ich mit ihr reden wollte. Ich war auch nie die super Tochter gewesen. Edwin, ich und auch Stefanie hatten dazu beigetragen, dass Mom sich so zurückgezogen hatte im Laufe der Jahre. Stefanie ging nur auf Partys und Edwin und ich unterhielten uns immer in Gedanken und nie vor Mom. Andere sagten, dass sie die stillsten Kinder hätte, die es gab. Es machte mich traurig, wie weh ich ihr getan hatte. Ich sollte wegen meines guten Herzens Schulleiterin werden? Ich hatte es doch gar nicht verdient! Ich hatte meiner Mom immer und immer wieder wehgetan und dabei immer nur an den Tag gedacht, an dem ich *full-time-Elect* werden würde, und geglaubt, mir würde der Abschied so leichter fallen.

„Auch gut", unterbrach Mom meine Gedanken.

Sollte ich mich jetzt entschuldigen? Jetzt, wo ich sie verließ? Ich wollte in Frieden mit ihr auseinandergehen. Ich fasste mir ein

Herz und sagte: „Tut mir leid, wenn ich eine schlechte Tochter war. Ich habe nie wirklich mit dir geredet. Es tut mir leid."

Sie hatte Tränen in den Augen. „Mir tut es leid, dass ich so eine blöde Mutter war. Ich hab dich lieb." Sie stand auf und umarmte mich, erst zögernd, doch als ich meine Hände um sie schlang, drückte auch sie mich fester.

„Deswegen wirst du Schulleiterin, ich ... könnte das nicht", sagte Edwin in Gedanken. Ich schaute hoch. Mein Bruder stand in der Küchentür und lächelte mir traurig zu. Ich hatte mich also wieder einigermaßen mit Mom vertragen, es machte mich traurig und glücklich zugleich. Den restlichen Tag verbrachte ich mit Jelena, Marie und natürlich Moni.

„Jessica?", versuchte Edwin, mich in Gedanken zu erreichen.

„Was ist los, Edwin?", fragte ich.

„Unser Haus ist doch eigentlich groß genug für vier Leute oder?", fragte er.

„Wen willst du denn bei uns einziehen lassen?", wollte ich wissen.

„Jaden und Alina, Alina ist erst fünf und sie ist ein Mensch. Sie sollte in einem Haus leben, in dem sie sich irgendwann zuhause fühlt, und unsere Schule wäre für den Anfang viel zu groß für sie. Jaden könnte in mein Zimmer ziehen und Alina ins Gästezimmer, dann komme ich zu dir in den zweiten Stock und mache aus dem Abstellraum ein Zimmer für mich", schlug Edwin vor.

„Eine schöne Idee, Edwin, und du sagst, ich wäre die mit dem guten Herzen. Erlaubt Walesa es?"

„Ja klar, sie hat mich ja gefragt, ob das gehen würde", antwortete er.

„Was? Wo bist du denn?" War er etwa an seinem letzten Tag in der Schule?

„Ich habe Oswin besucht. Ich habe ja keine sterblichen Freunde, von denen ich mich verabschieden muss", erinnerte er mich.

„Dann sag Jaden, es ist ok. Sei um eins zu Hause."

Ich klickte die Unterhaltung aus.

Moni und ich saßen gerade in der Eisdiele und aßen unser Lieblingseis. Moni, die ja wusste, dass ich heute ging, schaute mich ein paarmal traurig an. „Du weißt, dass wir uns weiterhin sehen werden?“, erinnerte ich sie.

„Schon klar, ich werde dich vielleicht nicht vergessen, aber wir werden auch nie wieder etwas zu viert unternehmen können, das macht mich traurig“, flüsterte sie.

„Ich weiß, aber du wirst damit irgendwie klarkommen, du darfst nur nie so was sagen wie: *Ich wünschte, Jessica wäre hier*“, mahnte ich sie.

„Schon klar, Walesa und du, ihr könnt euch auf mich verlassen“, sagte sie ernst.

„Jaden und Alina ziehen mit mir heute in ein Haus“, erzählte ich.

„Alina? Ist das nicht ein Menschenkind?“, fragte meine Freundin überrascht.

„Ja, sie wird bei uns leben als Mensch. Sie wird sogar in manche Unterrichtsfächer mitgehen, um Schreiben zu lernen“, erklärte ich.

„Ich komme euch besuchen, sende mir einfach einen Krieger, der mich holt.“ Moni lächelte.

„Klar, so oft ich kann.“

„Wie ist eigentlich die Wahl ausgegangen? Ist dein Patenkind zukünftiger Schulleiter?“, wollte Moni neugierig wissen.

Ich lächelte verlegen. „Nein, ähm ... ich ... ich werde Schulleiterin sein“, stammelte ich.

„Du? Alles Gute, cool, ich bin mit der Schulleiterin der Elects befreundet.“ Sie lachte.

„Erst in zehn Jahren“, erinnerte ich sie.

„Ja klar, es ist aber trotzdem cool“, meinte Moni.

„Ich muss mich erst mal an den Gedanken gewöhnen“, gab ich verlegen zu.

„Ich glaube, das wirst du ganz schnell, wenn du in der Schule lebst“, vermutete sie.

Ich umarmte sie. „Ich werde vermissen, nicht mehr mit dir in eine Klasse zu gehen, aber Jan ist ja noch da."

„Heute muss ich mich von dir und Edwin in dieser Welt verabschieden und in zwei Jahren auch noch von Jan. Mir fällt gerade was ein, wenn ich euch besuchen möchte, gehe ich einfach zu Jan und frag ihn, schließlich ist er auch ein Krieger." Stimmt, Jan hatte ich ja total vergessen. Moni könnte immer zu ihm gehen, wenn sie uns besuchen wollte, perfekt, so würde ich sie öfter sehen. Wir verabschiedeten uns voneinander und gingen nach Hause.

Als Mom ins Bett ging, umarmte ich sie zum letzten Mal. Ich ging nach oben in mein Zimmer, in dem Edwin wartete, und schloss leise die Tür ab. Zuerst würden wir meine Sachen nach Miami bringen dann Edwins.

„Jessica." Edwin gab mir ein eingepacktes Geschenk.

„Was ist das?", fragte ich leise.

„Mach's auf", forderte er.

Ich riss die Verpackung ab und es kam ein Bild zum Vorschein. „Edwin, wann ..." Es war ein Bild von mir und Mom, als ich sie am Morgen umarmt hatte.

„Ich war nicht die ganze Zeit bei Oswin", sagte er nur.

„Danke!" Ich umarmte ihn und legte das Geschenk in meinen zweiten Koffer. Ich gab Edwin den ersten Koffer mit meinen Kleidern und er brachte ihn schon mal fort, während ich weitere Sachen einpackte. Fotos, Freundschaftsbücher, weitere Erinnerungsstücke waren das Erste, was ich einpackte. Danach Filme und CDs, und schon war auch der zweite Koffer voll. Jetzt hatte ich noch Umzugskisten, in denen ich Bücher, Schreibkram, meine Musikanlage und meine Schreibtischlampe verstaute.

Edwin teleportierte hin und her und lud meine Sachen in der School oft the Elect ab. Ich packte noch meinen Laptop und Schuhe in den Umzugskarton sowie Handtücher und Waschzeug. Jetzt standen fast nur noch Möbelstücke in meinem Zimmer. Ich stopfte die zwei Teppiche in einen Karton und fing an, meine Möbel in mein neues Zuhause zu teleportieren. Zuerst mein Bett, dann den Schreibtisch und meinen Schrank, Regale und Fernseher. Nach und nach wurde alles nach Miami gebracht. Mein Zimmer war fast leer, es waren nur noch die Sachen da, die ich nicht mitnehmen würde.

Edwin und ich gingen in sein Zimmer und machten dort genau das Gleiche, bis auch in diesem Raum nur noch die Sachen waren, die er nicht mitnehmen wollte. Um drei Uhr nachts waren wir fertig. Wir schlichen durchs Haus nach draußen, wo Walesa, Alsuna und Edwins Mentor schon auf uns warteten.

„Fertig?", fragte Walesa. Wir nickten. „Ich werde jetzt den Zauber sprechen, doch bevor ich das tue, brauche ich noch einmal eure persönliche Bestätigung. Deshalb frage ich zuerst dich, Jungkrieger Edwin Willington, bist du bereit, dein sterbliches Leben hinter dir zu lassen und *full-time-Elect* zu werden?", wandte sich die Schulleiterin an meinen Bruder.

„Ja", sprach er aus.

„Zukünftige Schulleiterin Jessica Willington, bist auch du bereit, dein sterbliches Leben hinter dir zu lassen, um *full-time-Elect* zu werden?", fragte sie mich.

„Ja", sagte ich ehrlich.

„Ok, wir werden eure Entscheidungen akzeptieren, fasst euch an den Händen", forderte sie uns alle auf. Ich umfasste die Hand meines Bruder und Alsunas. Wir standen mit dem Blick in Richtung Haus in einer Reihe. Walesa legte von hinten ihre Hände auf Edwin und meinen Kopf und fing mit dem Vergessenszauber an.

„Erwählt als Elect, geteilt als Geschwister, erwählt zum Krieger und zur Schulleiterin, Jessica und Edwin Willington, mögen eure Freunde, Familie und jene Sterbliche, die nicht euer Geheimnis kennen, euch für immer vergessen und sich auch nie mehr an euch erinnern, selbst wenn sie euch sehen würden. Mögen eure Sachen, die ihr besaßt oder an euch erinnern, mit der Erde wieder eins werden und für immer unauffindbar sein. Den Schritt als *full-time-Elects* gehen und das sterbliche Leben meiden, ist eine der Grundlagen eures künftigen Daseins. So werdet ihr euer Leben in der *School of the Elect* weiterführen. Hier in diesem Leben seid ihr vergessen und auch nicht mehr Sohn oder Tochter eurer Eltern, ich habe gesprochen!"

Während des Zaubers schimmerte ein strahlend blauer Glanz um uns herum, der uns vor den Sterblichen verhüllte. Alsuna ließ meine Hand los und der Schimmer legte sich. Der Zauber war vorüber.

In Miami räumten Edwin und ich unser Haus ein, Oswin hatte uns Farbe besorgt. Edwins nahm den Raum, der als Abstellraum vorgesehen war. Der Raum war so groß wie mein Zimmer und somit perfekt für ihn. Oswin und Edwin hatten das Zimmer meines Bruders schon am Mittag gestrichen, sodass es jetzt trocken war. Zwei gegenübergelegene Wände waren strahlend blau gestrichen und die anderen blieben weiß. Ich war stolz auf ihn, es sah echt schön aus. Er stellte sein Bett vors Fenster und seinen Schreibtisch an die gegenüberliegende Wand, auch sein Schrank und seine Regale fanden einen perfekten Platz. Ich strich mein Zimmer genauso wie Edwin seines gestrichen hatte. Da meine Farbe erst trocknen musste und ich müde war, nahm ich die Matratze aus meinem Bett und schlief in Edwins Zimmer.

Wir konnten nicht lange schlafen, denn um sieben Uhr klingelte es an unserer Tür. Ich stand auf, schlängelte mich an den rumstehenden Möbeln im Flur vorbei und ging nach unten, um Jaden und Alina die Tür zu öffnen. In der ersten Etage standen schon die Möbel der beiden. „Guten Morgen, ihr zwei, bereit einzuziehen?", fragte ich etwas verschlafen.

„Würdet ihr es uns übel nehmen, wenn wir erst mal unten im Wohnzimmer auf der Couch schlafen? Wir sind ziemlich müde", meinte Jaden.

„Nein, natürlich nicht. Edwin und ich schlafen ja auch noch.

Willkommen zu Hause, Jaden und Alina." Die fünfjährige Alina schlief auf dem Arm ihres Bruders.

„Klapp du schon mal die Couch aus, ich hole eure Bettdecken." Das war das Gute, dass hier Möbel schon vorhanden waren, und nur die für die Schlafzimmer mitgebracht werden mussten. Ich flitzte nach oben und holte Decken für Alina und Jaden. Eine halbe Stunde später schliefen wir alle tief und fest.

Als ich aufwachte, war es schon mittags. Ich war ausgeschlafen und ging runter in die Küche. Auf den Tisch stand ein Korb, an dem ein Zettel hing.

*Für unsere vier full-time-Elects. Meine Mom und ich haben Lebensmittel für euch besorgt. Guten Appetit.*
*Oswin*

Ich öffnete den Korb, der übrigens riesig war. Darin waren eine Kühltasche und eine normale Tasche. In der Kühltasche waren Fleisch, Joghurt, Milch und Tiefkühlsachen, in der anderen Tasche Lebensmittel wie Obst, Marmelade, Brot, Nudeln, Müsli und so weiter.

„Guten Morgen, Jessy." Jaden kam in die Küche.

„Morgen", rief ich gut gelaunt. „Ich mache Frühstück für uns. Du kannst ja schon mal Edwin wecken und mit ihm zusammen dein und Alinas Zimmer streichen, damit ihr sie heute Abend beziehen könnt", erklärte ich.

„Ok, aber sollte ich nicht warten, bis Edwin aufwacht? Er ist ja erst acht, er hat es verdient, mal auszuschlafen", meinte Jaden.

„Ich vergesse manchmal, dass du älter als Edwin bist. Weck ihn, er wird's überleben." Ich lächelte.

„Ok." Er flitzte aus der Küche.

Ich begann, den Tisch zu decken. Plötzlich stand Alina in der Tür, als sie mich sah, erschrak sie und wollte umkehren, doch ich hielt sie auf. „Keine Angst, Kleine. Ich bin Jessica, kennst du mich noch? Ich tu dir nichts Böses, ab heute leben wir sogar zusammen“, sagte ich. Sie blieb stehen und schaute mich vorsichtig an. „Hast du Hunger?“, fragte ich sie.

„Ja …“ Sie kam näher und blieb vor mir stehen.

„Setzt dich. Was willst du essen, Brot oder Müsli?“

„Wo ist Jaden?“, fragte sie ängstlich.

„Er ist oben, wollen wir schauen, wo er ist?“ Ich nahm ihre Hand und ging mit ihr nach hoch. Die beiden Jungs waren gerade dabei, den ersten Farbtopf aufzumachen.

„Hey, Kleine, bist ja doch schon wach!“ Jaden wuschelte Alina kurz durchs Haar.

„Lassen wir die Jungs mal arbeiten, kommst du mit mir runter? Du kannst mir beim Tischdecken helfen“, bot ich Alina an. Sie nahm meine Hand und wir gingen wieder in die Küche.

Nachmittags kamen Oswin und Walesa zu Besuch – zusammen mit Selina. Selina war eine auszubildende Mentorin, mehr wusste ich nicht über sie. „Hallo, ihr vier, na schon eingelebt?“, begrüßte uns Walesa. „Alina, das ist Selina, deine Mentorin, du bist zwar ein Mensch, aber auch du bekommst einen Mentor. Jaden, wenn deine Schwester sechs wird, wird sie unter der Woche die Schule besuchen, in die auch unsere kleinen *full-time-Elects* gehen. Die ist im zehnten Stock, dort bringt Larissa ihnen die wichtigsten Grundsätze wie Lesen oder Rechnen bei. Da normale Elects die sterbliche Schule besuchen, müssen auch unsere *full-time-Elects* wichtige Dinge lernen.“

„Cool, das wusste ich ja gar nicht, müssen ich oder Jaden denn auch zur Schule?“, fragte mein Bruder.

„Nein, natürlich nicht“, antwortete Selina.

„Gefällt es euch hier?“, erkundigte sich Oswin.

„Ja.“ Wir alle waren erstaunt, dass Alina antwortete. Jaden lächelte stolz und wir lachten glücklich.

Am nächsten Tag war unser Haus vollständig gestrichen und eingeräumt. Es war ziemlich gemütlich. Und endlich hatte ich in meinem Leben tägliche Pflichten zu erfüllen. Ich kochte für

Jaden, Edwin und Alina und meistens kam noch Jan oder Rick zum Essen vorbei. Die Hausarbeit teilten wir durch drei und Edwin und Jaden gingen täglich zu Rick in die Halle, um Kämpfen zu üben. Alina war nicht mehr so ängstlich und schüchtern und spielte mit den anderen *full-time-Elects*. Ich ging öfter zu Walesa ins Büro und ließ mir erklären, was eine Schulleiterin alles für Aufgaben hatte. „Heute werde ich dir Mentorenberichte zeigen, die aber streng vertraulich sind. Jeder Mentor muss einmal im Monat einen Bericht über seinen Schützling schreiben", erklärte Walesa. Zusammen saßen wir in ihrem Büro und hatten einen großen Stapel mit vollgeschriebenem Papier vor uns.

„Was wird in den Berichten denn so geschrieben?", fragte ich neugierig.

„Hier, lies doch mal einen durch, dann weißt du es. Die Berichte sind wichtig, da eine Schulleiterin immer wissen muss, was Neues passiert oder auf welchem Stand ihre Schützlinge sind." Walesa gab mir eines der Papiere.

„Edwin? Soll ich wirklich seinen Bericht lesen?", fragte ich, als ich seinen Namen sah.

„Als Schulleiterin ist es auch wichtig, von eng Vertrauten die Berichte zu lesen. Lies ihn ruhig, es stehen keine Geheimnisse darin."

*Edwin Willington. Edwin ist seit Antritt als full-time-Elect mitten in der Ausbildung zum Krieger. Er ist ein begnadeter Kämpfer geworden und lernt jeden Tag Neues dazu. Er beachtet Anweisungen von Rick oder Fixa und versucht, alles perfekt umzusetzen. Edwin nutzt seine Gaben hauptsächlich nur in wichtigen Fällen. In der Schule lernt er fleißig weiter und ist motiviert im Unterricht. Er hilft fleißig seiner Schwester Jessica zu Hause und kommt perfekt mit Jaden und Alina klar. Edwin kümmert sich gerne um Alina und zeigt ihr die Schule. Er ist glücklicher denn je – und das erfreut nicht nur seiner Schwester.*

„Wow, nur Lob, aber Edwin ist wirklich ein toller Bruder!“, sagte ich stolz, nachdem ich den Bericht gelesen hatte.

„Mich freut es, dass sein Leben jetzt erfüllter und fröhlicher ist“, meinte Walesa lächelnd.

„Und solche Berichte gibt es von jedem Schüler?“, fragte ich.

„Ja, aber natürlich kommen nicht alle Berichte auf einmal hier an. Zwar muss jeder Mentor einmal im Monat einen Bericht abgeben, aber das Datum bleibt ihm selbst überlassen“, erklärte sie.

So ging es fast jeden Tag, Walesa zeigte mir, was eine Schulleiterin zu tun hatte, und wenn ich nicht bei ihr war, dann war ich bei Rick. Mein Geliebter kam oft bei mir vorbei und verwöhnte mich mit seinen Kochkünsten oder mit Küssen. Er freute sich aber auch, wenn ich mit ihm in die Halle kam und gegen ihn in einem Kampf antrat. „Ohne Fähigkeiten“, warnte er mich.

„Ja klar, ich bin bereit.“ Er kam auf mich zu, ich blieb stehen und fror seine Füße fest.

„Hey, das ist gegen die Spielregeln“, rief er.

Ich rannte auf ihn zu und küsste ihn. „Jetzt kannst du aber nicht mehr abhauen, wenn ich dich küssen will.“ Ich lachte.

„Würde mir nie einfallen, vor deinen Küssen davonzulaufen.“ Er zog mich enger an sich und küsste mich. Oft kamen auch Moni und Jan zu Besuch. Mit Jan zu kämpfen machte immer mehr Spaß und Moni schaute uns gerne zu und feuerte mich an. Ab und zu kämpfte ich auch mit Jaden oder Edwin, an Samstagen auch mit anderen. Oswin kam fast jeden Tag vorbei und kämpfte mit Edwin oder Jaden. Mein Leben als *full-time-Elect* war perfekt, die Arbeit machte mir Spaß und es machte mir auch nichts aus, für meine Familie zu kochen und für sie zu sorgen. Manchmal war ich etwas traurig wegen Mom oder wegen meiner sterblichen Freunden, aber ich hatte meine Familie hier jeden Tag um mich und Moni kam ziemlich oft zu Besuch, sodass für Trauer kaum Zeit blieb. Hier in der *School of the Elect* war mein Leben erfüllter und vor allem glücklicher. Und hier würde ich noch knapp 1000 Jahre leben, zusammen mit meiner Familie.

# Epilog

Ich war gerade auf dem Weg zu meinen neuen Erstklässlern. Edwin war, wie so oft in letzter Zeit, an meiner Seite. Es hatte sich viel verändert in den letzten zwölf Jahren, seit wir *full-time Elects* geworden waren – vor allem bei mir.

Edwin war als Krieger an die erste Stelle getreten und hatte Ricks Posten als Hauptkrieger angenommen. Oswin hatte seine Schulzeit beendet und arbeitete als Krieger sowie als Lehrer an meiner Schule. Und auch Jan und Jaden waren beide Krieger. Jaden lebte mit Alina und seiner Freundin Fiona zusammen. Fiona war erst 18, also ein Jahr älter als Alina, aber bei Elects spielte Altersunterschied keine Rolle. Auch mein Bruder hatte eine Freundin. Lilly war zwei Jahre jünger als er. Sie hatte schulterlanges braunes Haar und war eine echte Schönheit. Lilly hatte in den Sommerferien ihre Ausbildung als Mentorin angefangen und würde heute ihren ersten Schützling bekommen.

Lilly und Fiona waren beide in Oswins Jahrgang gewesen. Die 17-jährige Alina war an unserer Schule eine der fröhlichsten Personen, die ich kannte. Obwohl sie ein Mensch war, wollte sie für immer hier bleiben, und ich ließ sie. Sie war für mich wie eine kleine Schwester. Ich hatte sie echt lieb, auch wenn wir nicht mehr zusammen in einem Haus lebten. Sie, Jaden und Fiona lebten in unserem alten Haus im Elect-Dorf, während Rick und ich in den 25. Stock des Schulgebäudes gezogen waren, wo die Schulleiter lebten und vor uns auch schon Walesa mit ihrer Familie gewohnt hatte. Edwin wohnte zusammen mit Jan im Elect-Dorf. Aber nur weil Edwin und ich nicht mehr zusammen in ein Haus lebten, hieß das nicht, dass wir uns nicht mehr so oft sahen. Er beschützte mich nun besser denn je.

Die Erstklässler warteten schon ängstlich und neugierig.

„Ruh dich aus, Schwesterherz, jeder hier versteht es, wenn du dich ausruhen müsstest. Walesa würde sicher für dich einspringen", meinte mein Bruder im Gedanken.

„Nein danke, Bruderherz, das ist meine Pflicht und das werde ich ja wohl trotz der Umstände schaffen." Ich ließ Edwin stehen und ging auf das kleine Podest, das im Foyer aufgebaut war. Als ich über die Anwesenden schaute, bemerkte ich, dass mein Bruder sich mit Rick unterhielt, und ich wurde wütend, weil Edwin mir nicht vertraute. Mein Geliebter kam auf mich zu und Edwin schaute mich entschuldigend an. Mein Bruder ... er war größer als ich und wirkte wie mein Zwilling.

Bevor Rick mich erreichen konnte, fing ich an, zu reden: „Herzlich willkommen hier in der *School of the Elect.* Ich bin Jessica und eure Schulleiterin. Ihr braucht keine Angst zu haben, wir alle wissen, wie es ist, hier vorne zu stehen und Angst zu haben, was mit einem passiert." Ich sah kurz über die kleine Menge, Oswin erwiderte meinen Blick mit einem Lächeln und auch meine beste Freundin Elly lächelte mir zu. „Angst zu haben ist völlig ok, aber ihr solltet wissen, dass das, wofür ihr erwählt wurdet, Glück ist. Jeder von euch wird einen Paten aus der siebten Klasse bekommen sowie einen erwachsenen Mentor. Ich werde jeden von euch gleich aufrufen. Wer aufgerufen wird, kommt bitte nach vorne, dann bekommt ihr Pate und Mentor zugeteilt. Noch Fragen?" Ich schaute erneut in die Runde.

„Jessica, das mit dem Aufrufen kann Walesa doch übernehmen, ruh dich jetzt aus, bevor du zusammenklappst. Edwin weiß, wenn es dir nicht gut geht", flüsterte Rick mir zu.

Ich rollte mit den Augen. „Es geht mir gut!", zischte ich ärgerlich.

„Jessica! Ich weiß, wie du dich fühlst, komm, ich übernehme", mischte sich Walesa ein. Dagegen konnte ich nichts erwidern. Walesa wusste, wie es mir ging, denn sie war die Einzige hier, die das selbst durchgemacht hat. Ja, ich war schwanger, man hätte es als Wunder sehen sollen. Keiner wusste, wie es passiert war, Elects konnten nur sehr schwer schwanger werden, aber natürlich hatte ich mit meiner Schwangerschaft so etwas wie Geschichte geschrieben. Das ausgerechnet Walesa und ich die Einzigen waren, die als Elect schwanger werden konnten, hatte sicher nichts damit zu tun, dass wir beide Schulleiter waren, denn A-Romy, Walesas Vorgängerin, hatte schließlich kein Kind bekommen. Aber Wunder waren eben Wunder und würden immer Rätsel bleiben.

Ich gab mich geschlagen und stieg von dem Podest. Edwin trat an meine eine und Rick an meine andere Seite. Ich ließ zu, dass sie mich zu meiner Wohnung begleiteten.

„Tut mir leid, Schwesterherz, aber du kannst deine Schmerzen nicht verstecken, schon gar nicht vor mir, der ich doch deine Gefühle spüren kann“, meinte Edwin.

„Vor mir auch nicht, ich kenne dich viel zu gut und ich weiß, wenn es dir nicht gut geht“, stimmte Rick Edwin zu. Er küsste mich. „Ich liebe dich und unsere Tochter liebe ich auch“, sagte er.

„Und ich liebe meine Schwester und meine zukünftige Nichte.“ Edwin lächelte.

„Und ich meinen liebsten Bruder, der mich oft mit seinem Verwöhnen ziemlich nervt, und meinen Mann, der sich wegen allem Sorgen macht. Und nicht zu vergessen liebe ich auch unsere kleine Tochter, die im nächsten Monat auf die Welt kommt“, machte ich den beiden nach. Oben angekommen setzte ich mich aufs Sofa und schaute beide glücklich an. Ich war so froh, dass es sie gab.

„Jana also?“, fragte Edwin lächelnd.

„Passt dir der Name etwa nicht?“, hakte ich spöttisch nach.

„Jana Willington, der Name passt perfekt, er ist echt schön, Schwesterherz.“ Er sah zufrieden aus.

„Das Babyzimmer ist schon fertig, willst du es sehen?“, fragte ich Edwin.

„Ja klar!“ Wir gingen zusammen in Oswins altes Zimmer, das bald Janas sein würde. Die Wände waren blau gestrichen. In dem

Raum befand sich alles, was ein Baby brauchte. Jan hatte eine wundervolle Babywiege gebastelt. „Meinst du, sie bekommt unsere Augenfarbe?“, fragte Edwin.

„Ich weiß nicht, warum eigentlich nicht, ich meine, sie ist meine Tochter.“

Rick nahm mich in den Arm. „Unsere Tochter“, berichtigte er.

„Ich weiß.“ Ich küsste ihn und legte mich nach Ricks Aufforderung schlafen.

Als ich aufwachte, war keiner der Krieger mehr da. Ich hatte Besseres zu tun, als zu schlafen. Ich ging zum Aufzug und fuhr ins Erdgeschoss. Im Foyer war niemand, ich ging raus. Draußen waren viele Elects versammelt. „Was ist hier los?“, schrie ich fragend.

„Nur ein kleiner Zwischenfall, anscheinend hatte sich dieser black wisper verflogen.“ Ich ging nach vorne und alle machten mir Platz. Am Boden lag ein toter black wisper, drum herum standen Edwin, Rick Oswin und weitere Krieger. Es war der erste seit unserem Krieg vor ein paar Jahren, der sich zu uns verirrt hatte. War das etwa ein Zeichen?

„Er ist tot! Ihr geht jetzt alle zurück in den Unterricht, sofort!“, befahl ich. „Edwin?“ Ich schaute meinen Bruder böse an.

„Wir hätten dich informieren sollen“, erkannte er.

„Ja, und ihr hättet die Kleinen reinschicken sollen, es ist ihr erster Tag hier, und schon werden sie noch mehr verängstigt.“ Ich schaute die Krieger der Reihe nach an.

„Sollen sich nicht die Mentoren darum kümmern? Wir waren ja wohl beschäftigt“, meinte Jan.

„Die Mentoren waren nicht anwesend, ihr schon!“ Ich kehrte den Kriegern den Rücken zu. „Beseitigt dies“, befahl ich. Als Schulleiterin musste ich diesen bestimmenden Ton einfach draufhaben, schließlich musste ich eine Schule führen.

„Jessica?“ Ich drehte mich zu der zarten Stimme um. Alina stand hinter mir.

„Alina, was ist los?“, fragte ich.

„Kann ich dich etwas fragen?“ Sie schaute sich um. „Vielleicht nicht gerade hier?“

„Klar, komm mit in mein Büro“ Ich ging mit ihr zusammen hinein. „Setz dich, Alina“, bot ich ihr an, als wir in meinem Büro waren.

Sie setzte sich auf einen der Stühle. „Dürfen Menschen und Elects zusammen sein?“, fragte sie.

„Wie meinst du das? Ob sie ein Paar sein können?“, wollte ich wissen.

„Ja, aber ohne, dass der Junge seine Macht abgeben muss“, antwortete sie.

„Gibt es einen Jungen, den du magst?“, fragte ich neugierig.

„Ja, und er mag mich auch“, gestand sie.

„Es ist schwer zu sagen. Wenn ein Elect einen Menschen liebt, gibt er seine Macht freiwillig ab, um mit dieser Person leben zu können, aber bei dir ... Warum sollte er seine Macht abgeben, wenn du doch sowieso hier wohnst. Wenn er die Macht aufgibt, wohnst du hier, aber er nicht, verstehst du?“

„Ja, ich verstehe.“ Sie lächelte verlegen.

„Du hast aber nicht vor, uns zu verlassen, oder?“, fragte ich sie.

„Niemals“, sagte sie, ohne zu zögern.

„Ok, gut, ist deine Frage beantwortet?“, fragte ich sie.

„Ja, ich glaub schon“, meinte sie.

„Vergiss aber eines nicht, Alina, er wird lange leben, während du alt wirst. Wenn ich könnte, würde ich dich zum Elect machen, aber das geht nicht“, erinnerte ich sie.

Alina schaute mich traurig an. „Ich weiß“, sagte sie betrübt und wandte sich zum Gehen. „Danke.“ Sie schloss die Tür und ging. Es tat mir leid für Alina. Sie wäre ein toller Elect geworden, aber sie war nun mal ein Mensch und niemand konnte etwas dagegen tun. Mein Leben ging weiter, ich musste für meine Tochter und für meine Schule da sein und eine gute Schulleiterin sein, in der Hoffnung, dass Jana sich hier zu Hause fühlen konnte so wie ich früher.

# Danksagung

Ich danke zu allererst Sophie Hofmann, Luisa Herrmann und Katharina Wagner für ihre tollen Ideen. Ihr habt mir echt immer weitergeholfen, wenn ich mal nicht weiterwusste, ihr habt mich unterstützt und mir immer Mut gemacht Ihr seid tolle Freunde.
Ich danke aber auch meinem Bruder. Er konnte mich Jessicas Gefühle verstehen lassen, da ich ihn auch nie in einen Kampf gelassen hätte. Bei dem Buch habe ich oft an dich gedacht. Obwohl du erst acht bist, verstehst du meine Bücher und versuchst mir zu helfen.
Ich danke auch meinen Freunden, die sich in der Schule meine Erzählungen über das Buch antun mussten. Ebenso danke ich meinen Eltern, die mir beim Veröffentlichen des Buches geholfen haben und immer an mich glaubten. Auch möchte ich Eva danken, die mir half, das Titelbild fertigzustellen und dies in das richtige Format zu bringen.

# Die Autorin

**Janine Heimburg** wurde am 26. Mai 1998 geboren und wohnt in Nierstein am Rhein. Ihre Leidenschaften – außer dem Schreiben – sind Querflöte spielen, lesen und Musik hören.

Mit dem Schreiben von Büchern und Geschichten begann sie bereits im Alter von acht Jahren und liebt dabei besonders das Gefühl, von allem frei zu sein.

# Unser Buchtipp

**Thurid Neumann**
**Glatt erwischt**
Der vierte Bodensee-Krimi für Kinder

ISBN: 978-3-86196-458-2
Taschenbuch, 104 Seiten

ISBN: 978-3-86196-460-5
eBook

Eigentlich wollten die vier Freunde Max, Tim, Lara und Flo in den Weihnachtsferien nur ein wenig Spaß beim Eislaufen auf dem Gnadensee haben. Doch zusammen mit dem Pflegehund Peppi, der mehr Ähnlichkeit mit einem Wollknäuel als mit einem Hund hat, stoßen sie auf der Insel Reichenau auf eine Hütte, die ihnen Rätsel aufgibt.
Aber was haben die Schattenmänner aus Steckborn damit zu tun? Und sind dort wirklich Menschen spurlos im Wald verschwunden?
Mit Noemi, einer Freundin aus der Schweiz, erleben die Freunde auch dieses Mal ein spannendes Abenteuer. Ob es ihnen gelingt, auch diesen Fall zu lösen?